FALLING 3,5

#Scott

J.S. COOPER

FALLING 3,5

#Scott

Traduit de l'anglais
par Aline Lejade

EDITIONS PRISMA

Titre de l'édition originale :
SEDUCING MY ASSISTANT

Responsable éditoriale : Ambre Rouvière
Éditeur : Nicolas Rabeau
Correction et composition : Nord Compo Multimedia
Conception graphique de la couverture : Chloé Sadoun
Photographie de couverture : © Shutterstock

ISBN : 978-2-8104-2137-4

PEFC
10-31-1601
Certifié PEFC
pefc-france.org

Depuis 2009, Prisma Media met en place une politique d'achat éco-responsable. Ainsi, près de 100 % du papier de nos magazines est certifié PEFC (gestion durable des forêts). La fabrication des livres des Éditions Prisma s'inscrit également dans cette démarche.

Ce roman est la suite
de *Falling 3 #Elizabeth*

Quand elle fait la connaissance de Scott Taylor en devenant son assistante, Elizabeth Jeffries tombe très vite sous son charme. Leur jeune couple connait des hauts et des bas, mais un lien spécial les unit et tous deux souhaitent que leur histoire puisse durer.

Tandis que Scott réalise qu'il a sans doute trouvé la femme de sa vie, Shane, l'ex d'Elizabeth, décide de tout mettre en œuvre pour essayer de la reconquérir. La surprise qu'il lui prépare risque de tout bouleverser. Scott va devoir se battre pour la femme qu'il aime, la convaincre qu'il est un type bien, désireux avant tout de la rendre heureuse.

À tous les lecteurs
qui croient réellement à l'amour.

1.

Scott

Je suis là avec une érection pas possible, et je voudrais hurler : *Mais pourquoi ? Bon sang ! Pourquoi chaque fois que je rencontre une femme qui me plaît, il faut qu'elle ait des problèmes ? De vrais problèmes.* D'accord, jusque-là, je m'en fichais complètement, mais avec Elizabeth, c'est autre chose. Elle, je veux vraiment la connaître, intimement, totalement. Je finirais presque par penser que Dieu me met à l'épreuve dans cette histoire. Parce que vraiment, dès que tout semble bien marcher entre nous, ça ne rate jamais, quelque chose vient tout bouleverser !

– Eliza, viens, s'il te plaît.

C'est Lacey, la meilleure amie d'Elizabeth, qui frappe à la porte. Le ton est plus insistant, cette fois. Je fixe Elizabeth dont le visage a rougi. Elle évite de croiser mon regard.

– Shane t'attend, poursuit Lacey.

Je sens mon estomac se nouer. Shane est là… Pourquoi ? D'après ce que m'a dit Elizabeth, ça n'annonce rien de bon. D'accord, elle ne m'a pas raconté grand-chose, mais le simple fait qu'il l'ait trompée me suffisait. Un homme digne de ce nom ne trompe pas sa femme. Je ne ferai jamais ça à ma petite amie. Pour moi, c'est inconcevable. J'ai grandi avec deux sœurs, et je suis très proche de la plus jeune, Liv, alors je sais trop bien le mal que cela peut faire. Mais je sais aussi à quel point certaines filles manquent de jugeote. J'en ai vu bien trop laisser leur chance à des types qui n'en valaient vraiment pas la peine. J'étouffe un soupir tout en tâchant de ne pas montrer mon agacement. J'ai envie de prendre Elizabeth par les épaules pour la secouer. Elle ne peut pas envisager sérieusement de donner une autre chance à ce crétin, si ?

– Qu'est-ce qui se passe ?, je maugrée, d'une voix plus sévère que je ne l'aurais voulu.

Elizabeth me lance un regard coupable, et je passe mon pouce sur ses lèvres roses et charnues.

– Que fait Shane ici, et c'est quoi, cette surprise ?

Je ne quitte pas son visage des yeux pour scruter chacune de ses expressions, ses émotions. Je suis si souvent frustré face à elle. Je ne sais jamais ce qu'elle pense. Les femmes disent que les hommes sont difficiles à comprendre, mais franchement, elles ne se sont pas regardées. Elles, elles sont carrément indéchiffrables.

– Scott, murmure-t-elle, le regard inquiet. Je fixe toujours son visage, puis baisse les yeux vers sa poitrine qui se soulève au rythme de sa respiration, et ce mouvement me donne envie de caresser ses seins. J'ai envie de la distraire de ce qui se passe de l'autre côté de la porte. J'aimerais qu'elle s'occupe plutôt de ce qui se passe dans mon boxer, mais je ne fais rien, de peur qu'elle n'apprécie pas.

– Oui, je réponds en lui prenant les mains. D'accord.

– D'accord pour quoi ?

Elle fronce les sourcils, déconcertée.

– D'accord pour regagner ton lit où tu pourras abuser de moi et me rendre fou.

– Scott ! (Son visage rougit de nouveau.) Ce n'est pas ce que j'allais dire.

– Dommage.

Je souris en l'attirant vers moi. Je n'ai pas envie d'entendre quoi que ce soit d'autre pour l'instant.

Oui, je sais, je ne fais que retarder l'inévitable. Elizabeth va franchir cette porte, voir celui qui a brisé son cœur et retomber amoureuse de lui. Dieu seul sait ce qu'il apporte. Une bague de fiançailles ? Là, je le frappe. Je ne suis pas violent, mais j'ai gardé un méchant crochet du droit du temps de mon adolescence – quand je voulais être le deuxième Muhammad Ali. Bon, je ne serai jamais champion du monde des poids lourds, mais ça ne n'empêchera pas de me battre pour ma chérie, s'il le faut.

– Je vais voir ce qui se passe, dit Elizabeth, le regard inquiet, en mettant la main sur la poignée. Je n'en ai pas pour longtemps.

– Ouais, je réponds sur un ton marquant ma déception. Bien sûr.

Elle se tait, ouvre la porte, puis glisse d'abord la tête dehors comme si elle allait juste regarder qui était là avant de refermer cette porte sans que personne n'ait le temps de la voir.

– Shane…

Elle prononce son nom tout bas en sortant.

Comment savoir si elle est contente ou pas ? Si seulement je voyais son visage, son regard me dirait si oui ou non elle est encore attachée à lui.

– Eliza, répond Shane d'une voix grave.

Je m'avance jusqu'à la porte pour savoir à quoi ressemble l'abruti qui me gâche la soirée. Quand je le vois, je me fige, sidéré. C'est Shane Devine, le lanceur de l'équipe locale de base-ball. Mon équipe favorite. Celle qui est allée en finale de la ligue majeure il y a deux ans. Pourquoi Elizabeth ne m'a rien dit ? Je me sens soudain moins sûr de moi. Face à un mec ordinaire, j'avais toutes mes chances. Face à un joueur de base-ball de ce niveau, beau gosse, riche, à coup sûr, et au charme irrésistible..., impossible de rester aussi optimiste.

– Eliza, tu as bonne mine, dit-il en plissant ses yeux bleus. Il a les cheveux courts, plus longs sur le dessus, et la peau bronzée par ses journées à courir au soleil. Je grimace en le regardant. Shane Devine est beau gosse. Vraiment beau gosse. Le genre qui rend les filles dingues.

– Merci, lui répond-elle avant de tourner vers moi son regard un peu inquiet.

– Eliza, il faut que tu voies qui est là.

Lacey, les yeux écarquillés, tire son amie par le bras. Je reste planté là, comme mis à l'écart. Je suis un intrus. Sans nul doute. Je ne connais même pas son vrai nom. Je l'appelle Elizabeth et, manifestement, tous ceux qui lui sont proches l'appellent Eliza. Pour ceux qu'elle aime, elle est Eliza. Moi, elle ne m'a jamais dit de l'appeler Eliza.

– Qui est là ?, souffle-t-elle. (J'ai entendu un petit grincement.) Oh, mon Dieu !

Je sors de la chambre, bien décidé à voir avec qui, ou avec quoi, Shane est venu.

– Je t'avais promis que je ferais ça pour toi. Que j'allais remuer ciel et terre pour t'apporter une réponse. Shane parle d'une voix pleine d'émotion, et je fais une grimace. Il attaque fort. Dans quel but ? Je le sais très bien, et ça me donne envie de le frapper.

– Justement, Shane. Je ne t'en demandais pas tant.

La voix d'Elizabeth est tendue, et je fixe son visage en me dirigeant vers eux, puis tourne le regard vers Shane pour voir qui est avec lui. Et là, mon cœur s'arrête tandis que, face à Elizabeth, Shane et celui qui l'accompagne, je me demande si j'ai raison de croire ce que je crois.

– Eliza, murmure Shane en s'approchant pour lui prendre la main, c'était autant ta faute que la mienne.

– Non. (Il secoue la tête, les yeux pleins de larmes.) Ce n'est pas ce que je voulais.

– Eliza… (La voix de Shane se brise.) Je me suis trompé. Je suis désolé.

– Et moi alors ?, demande l'invité de Shane. Vous avez pensé à moi, l'un ou l'autre, quand vous avez pris cette décision ?

– Qu'est-ce qui se passe, Elizabeth ?

Mon cœur cogne dans ma poitrine. Je suis désemparé. *Quelle décision ? De quoi parle-t-il donc ?*

– C'est qui, lui ?, demande Shane en me dévisageant de ses yeux bleus.

– Je m'appelle Scott, je suis le boss d'Elizabeth, et aussi son petit ami, je lui réponds avec assurance.

Elizabeth me lance un regard appuyé, l'air ennuyé.

– Je t'en prie, pas maintenant.

– Quoi, pas maintenant ?

Je suis presque vexé. Elle ne veut plus être ma petite amie ?

– Ne complique pas les choses. (Elle secoue la tête.) Ce n'est pas…

– Alors, comment trouves-tu ta surprise ? Lacey lui coupe la parole. Derrière ses yeux écarquillés marquant son étonnement, je sens ses neurones avides d'enregistrer des idées pour son livre.

– Oui, Eliza, reprend Shane. Que penses-tu de la surprise ?

– Je, je… (Elizabeth hoche la tête et se mord la lèvre en se tournant vers la « surprise ».) Disons que je suis désolée.

Je fronce les sourcils, les pensées se bousculent dans ma tête.

Pourquoi est-elle désolée ? De quoi s'agit-il, et pourquoi ai-je l'impression que tout ça n'est que la partie émergée d'un iceberg de confusion qui fonce droit sur moi ?

2.

Elizabeth

Je reste pétrifiée devant Shane, Lacey et l'homme qui accompagne Shane. Pourquoi dire que je suis désolée ? J'ai l'impression de sentir mon estomac se nouer. Je lance un regard vers Scott, qui semble aussi perturbé que moi. Il plante ses yeux dans les miens, et je ressens aussitôt toutes les interrogations et les émotions qu'il éprouve. J'ai envie de crier, hurler, tomber à genoux et pleurer. Pourquoi ça ne peut pas bien se passer, rien qu'une fois ? Pourquoi, quand enfin tout va pour le mieux avec Scott, Shane débarque et vient tout bouleverser ? Je me retourne vers Shane en retenant un soupir. Pourquoi est-il si beau ? Qu'est-ce qu'il fait là ? Ce n'était pas du tout prévu ; de toute façon, il finit toujours par surgir dans mes pensées.

Et puis, il y a l'homme qui me fixe avec son air coupable. Celui que je hais. Celui que je voudrais aimer. Celui dont je voudrais être aimée, dont je rêvais d'être proche. Mon père.

Bien des choses ne se passent pas comme prévu dans la vie. Alors on se pose des questions sur les décisions qu'on prend, les personnes qu'on choisit d'aimer, de préférence pour la vie. J'ai toujours cru être capable de faire les bons choix, et que si jamais je me plantais une fois, je ne ferais pas la même erreur deux fois. Je pensais avoir un jugement fiable. Je me suis parfois trompée, bien sûr. J'ai accordé ma confiance à tort, j'ai été blessée, trahie, démolie. Je sais qu'une grande partie de mes problèmes découle d'un manque par rapport à mon père, du sentiment d'abandon et de solitude éprouvé pendant mon enfance. Je suis avide d'affection. J'en arrive à chercher des réponses et du réconfort là où je n'ai aucune chance de les trouver. J'ai fait mon possible pour lutter contre cette tendance, pour ne pas vouer ma vie aux hommes, et pourtant, j'ai échoué. J'en suis encore à penser, à espérer, que l'amour est la solution à tout dans la vie. Alors quand mes histoires de cœur s'effondrent, c'est-à-dire presque toujours, je m'effondre aussi.

Shane ici, Scott aussi, c'est trop pour moi.

J'ai énormément souffert à cause de ces deux hommes. Au point que je ne sais plus quoi penser, quoi ressentir. Je suis seulement triste, face à eux, au bord des larmes. Je regarde Shane puis Scott en me demandant si je répète la même bêtise. Cette liaison avec Scott me fera-t-elle revivre le chagrin provoqué par Shane ?

Et puis, il y a la surprise, cette surprise qui ne peut pas tomber plus mal. Cette surprise qui m'a brisé le cœur et noué l'estomac. Qui me donne la nausée. Je reste plantée là, paralysée, avec l'impression que je vais perdre la tête, sans savoir que dire ni que faire. Oui, quoi dire, quoi faire ? Vraiment, c'est l'un des pires moments de ma vie, le plus ahurissant. Je suis anéantie. Une seule envie me préoccupe : retourner dans ma chambre, me réfugier dans mon lit, la tête sous les couvertures, fermer les yeux, et faire comme si rien de tout ça n'était arrivé. Tout oublier.

– Eliza, dis quelque chose !

Shane me regarde avec l'air d'espérer que je me jette dans ses bras, pleine de gratitude. Comme s'il était aussi simple de réparer tout ce qu'il a cassé entre nous. Comme si je ne les avais pas détestés pendant des années, lui et son égoïsme. Comme si rien ne s'était passé. Pour lui, oui, c'est aussi simple que ça. Pour lui, je suis encore cette fille perdue au cœur brisé, en quête de réponses, sauf que moi, j'ai tourné la page. En tout cas, je tâche de m'en convaincre : tout ça n'a plus d'importance. Je veux ignorer cette sensation d'être minable, même si je n'y arrive pas tous les jours.

– Que veux-tu que je te dise ?, je réponds brusquement en fixant le sol, submergée par l'émotion.

Rien ne me vient. J'ai mal au ventre. Je vis un cauchemar, alors que je devrais me sentir mieux : je vais obtenir des réponses à toutes ces questions qui me compliquent, me gâchent la vie. En réalité, c'est le contraire, tout semble se disloquer autour de moi. Comme si j'étais sur un rocher en pleine mer, cernée par des vagues toujours plus menaçantes, avec en prime un requin à l'approche. Impossible de réfléchir. Je ne sais plus quoi penser. Je suis si mal à l'aise, j'ai juste envie de pleurer et peut-être de donner des coups de poing sur un mur, de casser quelque chose. Oui, ça pourrait me soulager. Me calmer un peu.

M'apaiser. J'aimerais me réveiller un beau matin, tous mes problèmes évanouis. Si seulement je ne me laissais pas atteindre par tout ça. Si je pouvais ne pas me sentir si mal. Cesser de me dévaloriser et prendre confiance en moi. Ne plus me laisser tellement démoralisée. C'est bien trop dur. Épuisant.

– Tu peux simplement me dire bonjour.

Mon père a parlé en s'approchant, bras écartés, et moi, j'ai reculé. Il ne croit quand même pas que je suis prête à lui pardonner et à oublier, si ?

– Peut-être que non.

La voix de Lacey dans son rôle protecteur, telle une maman ourse, évoque un grognement. Attendrie, je la regarde : elle se tient toute droite, parle d'un ton sévère, en fixant mon père et Shane. Elle veut seulement m'éviter de souffrir, je le sais. Je sens les larmes me monter aux yeux en réalisant à quel point j'ai de la chance d'avoir une telle amie. J'ai toujours pu compter sur elle, en toutes circonstances. Je ne l'oublierai jamais. Surtout dans des moments pareils où j'ai l'impression d'être tellement mal et si seule. Ne jamais oublier que la famille ne se limite pas aux liens du sang et que l'amour n'implique pas de vivre avec la personne désirée. Parfois, nous aimons pour de mauvaises raisons. Parfois, nous aimons sans pouvoir vivre cet amour. Même si c'est douloureux. Même si ça nous détruit. Mais ce rejet peut aussi nous éviter un chagrin plus profond.

– Laisse, Lacey, t'inquiète pas, je réponds avec un sourire reconnaissant.

– Qu'est-ce qui se passe ?

C'est Scott qui a parlé, en effleurant mon dos de sa main, et je me retourne vers lui.

– Je te présente Shane, mon ex. Et lui…, poursuit-il en désignant cet homme si familier et étranger à la fois, lui, c'est mon père.

– Ah !

Scott change d'expression, et je ne saurais dire à quoi il pense, ni s'il peut imaginer à quel point la situation est violente pour moi. Presque trop. Je regarde mon père.

– Qu'est-ce que tu fais là ?

– Moi aussi je suis content de te voir… (Il essaie de plaisanter, mais ça ne me fait pas rire ni même sourire. Il dévisage Shane en plissant le front.) Tu m'avais bien dit qu'elle serait contente de me voir ?

– Laissez-lui le temps, murmure Shane, puis, se tournant vers moi : Eliza, je peux te parler ?

– Me parler de quoi ?, je réponds, agacée.

Il fait ses yeux de chien battu, et j'ai envie de céder.

– Ouais, parler de quoi ? (Lacey intervient en s'approchant de moi, sa solidarité une fois encore si réconfortante.)

– Lacey, tu peux la fermer une seconde ?, lance Shane d'un ton exaspéré en la regardant droit dans les yeux.

– Ne lui parle pas comme ça !, je réponds sèchement. Écoute, Shane, tu veux quoi ? Pourquoi tu es là ?

– Je me suis mal conduit envers toi. Je voudrais me racheter.

– Ah bon ? (Je Ie fixe sans ciller.) En ce qui me concerne, il n'y a plus rien entre nous. C'est bien fini, et depuis un bail. Alors je ne comprends pas du tout ce que tu fais ici, ni ce que tu cherches !

– J'ai tout gâché, Eliza. (Il avance vers moi, le regard suppliant.) J'ai été vraiment nul, donne-moi une deuxième chance.

– Quoi ?

Je suis sidérée. J'avais tant espéré entendre ça, pendant des mois et des mois, quand il m'a brisé le cœur, mais à présent… c'est irréel. Irréel et malvenu.

– Tu as très bien entendu.

Il m'attrape les mains pour les porter vers sa bouche, je les retire brusquement avant qu'il ne les embrasse.

– Qu'est-ce que tu fais ?!

Les yeux de Scott et Lacey fixés sur moi, je me sens soudain encore plus bouleversée. Je suis où là, dans la quatrième dimension ou quoi ?

– Je croyais te faire plaisir.

Shane s'excuse, l'air drôlement triste, et bizarrement sincère. Je plisse les yeux comme pour mieux voir. Il se moque de moi, c'est ça ? Il reconnaît ses torts, et il veut revenir ? Ce genre de truc n'arrive jamais dans la vraie vie. Pas avec des types comme Shane. Pas à des filles comme moi. Shane est canon, riche, célèbre. Il peut avoir toutes les femmes qu'il veut. Il ne s'en est pas privé pendant qu'on était ensemble. Il n'avait aucune intention sérieuse avec moi. Pas d'engagement. Je l'ai rencontré avant qu'il ne signe son contrat de base-ball, avant qu'il ne devienne célèbre. Et les filles lui couraient déjà après. Je n'ose pas imaginer combien elles sont maintenant.

– Elizabeth, il faut que je te parle.

À présent, mon père s'y met aussi, je voudrais hurler.

– Moi, je ne veux pas te parler.

J'ai répondu brusquement, et me suis rendue compte que c'était la vérité. Alors en regardant tout le monde, je reprends lentement :

– Je ne veux parler à personne d'autre que Lacey. Je vous en prie, allez-vous-en, tous.

– Quoi ? Eliza, tu plaisantes ?

Shane pince les lèvres, et sa façon de me dévisager exprime sa colère et ce qu'il n'a pas encore dit.

– Non, pas du tout, partez !

C'est brutal, tant pis. Je n'arrive pas à oublier son regard la dernière fois que je l'ai vu. Quand il m'a dit qu'il ne m'aimait plus, qu'il n'était pas sûr de m'avoir jamais aimée et qu'à son avis, rester amis n'était pas une bonne idée : ce serait trop dur pour moi. Et je suis en train de revivre tout ça : le cœur qui semble s'arrêter, cette envie de me laisser tomber au sol et de le supplier de changer d'avis, comment je me suis retenue de pleurer et de m'effondrer devant lui. Je me rappelle encore que j'ai évité de me regarder dans une glace pendant des semaines après la rupture parce que je détestais l'image qu'elle me renvoyait. Je me sentais laide, grosse, nulle. Tout ça par sa faute, et il s'en fichait complètement. Comment je pourrais oublier tout ça ?

– Je t'en prie, Elizabeth, dit mon père, et j'observe son visage. Il est plus maigre que dans mon souvenir, quoique, à vrai dire, je ne l'aie jamais vraiment vu ; impossible de me le rappeler. Je ne l'ai jamais connu. Il ne m'a jamais aimée, n'a jamais été mon père.

– Je n'ai rien à te dire.

Mensonge. Je voulais lui demander pourquoi il ne m'avait pas aimée. Pourquoi il n'avait jamais cherché à me connaître. Les pères sont censés aimer leur fille, non ? J'ai quelle tare pour ne pas mériter son affection ? Quel gros défaut dont je ne suis pas consciente ? Je pourrais peut-être le corriger ? Comment ? Pourquoi je n'existe pas pour lui ? Je sais que ce n'est pas de la faute de ma mère. Elle avait espéré que nous finirions par nous rencontrer et tisser un lien, lui et moi.

– Shane m'a dit que tu as beaucoup de choses à me dire.

Je me demande ce que Shane lui a dit d'autre. Combien de fois je me suis effondrée devant lui après avoir regardé sur YouTube des vidéos de pères dansant avec leur fille ? Et ces nuits passées sur Google à chercher des photos de lui ? Ce nombre invraisemblable de lettres écrites, sans adresse pour les lui envoyer ? Les prières murmurées pour qu'il vienne me chercher et me supplier de lui pardonner, me dire combien il allait m'aimer et prendre soin de moi pour toujours ?

Pendant des années, j'ai espéré, prié, et puis un matin, je me suis réveillée, et c'était fini. Inutile d'attendre un miracle puisque je savais, pour ma part, que les miracles, ça n'existe pas. Ce fut un tournant dans ma vie. J'avais enfin grandi et lâché prise, seulement il n'y avait plus de traces de magie dans mes rêves. Je n'y croyais plus. J'étais devenue réaliste, pragmatique. J'avais bel et bien perdu toute candeur.

– Tu veux que je parte, moi aussi ? murmure Scott.

Je plonge mon regard dans ses yeux, si bleus et si bienveillants. Il a l'air inquiet, tendu, hésitant, ému. Il me fait presque de la peine. J'ai failli le prendre dans mes bras pour l'embrasser, et puis non. Pas question qu'il pense que c'est réglé, que tout va bien. J'allais le rassurer alors que moi, je suis si perturbée ? Ce n'est pas juste : il a été odieux ; maintenant, il s'excuse, et tout doit être oublié. C'est encore lui qui décide, pourquoi ? Je le regarde, le cœur palpitant. J'ai envie de lui. Il y a un lien spécial entre nous que je veux conserver, mais là, je suis perdue. Une demi-heure plus tôt, j'étais prête à pardonner. Je rêvais d'un nouveau départ. Et maintenant, face à Shane et à mon père, je ne ressens plus que désespoir et désarroi. Alors, je hoche la tête :

– Ce serait mieux, si tu es d'accord.

Ma voix est plus douce. Tout ça n'est pas de sa faute. Et il n'est pour rien dans la tournure prise par notre relation. C'est moi qui ai accepté les deux propositions qui l'ont « entourloupé ».

– OK, donc, je m'en vais ? (Il a parlé sans bouger, et je sens tous les regards braqués sur moi.)

– Partez tous, s'il vous plaît, soupire Lacey. Elle vous a expliqué qu'elle veut être seule. Allez, ne compliquons pas les choses.

Elle s'éclaircit la voix puis, claquant des mains :

– Vous êtes sourds ? Il faut partir maintenant.

– Eliza…

Le ton incrédule de Shane m'agace. Comme si j'avais le temps ! Il croit vraiment que je vais me soucier de lui et de sa tentative désespérée pour me récupérer ? J'étais prête à l'incendier, je me suis quand même retenue. Inutile de le mettre en colère. Je ne veux surtout pas qu'il révèle nos secrets. Pas maintenant. Pas devant Scott et Lacey. Pas question de rendre ça encore plus compliqué. Un sentiment de culpabilité m'envahit. Je ne sais pas comment je vais faire. Comment dire la vérité à Scott et à Lacey ?

Scott, je ne lui dirai peut-être jamais, mais Lacey, je dois lui dire. C'est ça, le pire. Je ne sais pas comment elle va réagir, ni ce qu'elle va penser de moi. Et de notre amitié. Va-t-elle croire que je l'ai trahie ? Se poser des questions sur moi et sur ce qui nous lie ? J'ai tellement envie de pleurer. Comment ai-je pu mettre aussi facilement une telle pagaille dans ma vie ? Pourquoi tout tourne mal pour moi ? Je devais passer une soirée géniale, avec Scott. On se retrouvait pour de bon, ce serait désormais le grand amour, on allait oublier le passé sordide, et non, bien sûr que non, ça ne pouvait pas être aussi simple.

– Eliza ?, répète Shane.

Je me contente de cligner des yeux. *Crétin. Pauvre crétin.* C'est tout ce qui me vient à l'esprit tandis que je me rappelle comment il m'a traitée. Je suis ravie de pouvoir le regarder comme ça, sans ressentir d'attirance ni croire que j'ai besoin de lui. J'en éprouve un peu de tristesse, pourtant. Il a représenté tellement pour moi. J'ai tout partagé avec lui. Il a été à la fois mon psy et mon meilleur ami. Il est la seule personne à tout savoir de moi. Il en sait plus que Lacey ! Ça me tue de lui avoir fait confiance à ce point, de l'avoir tant aimé.

Parce que finalement, il n'aura compté pour rien dans ma vie. Absolument rien.

– Je t'en prie, Shane. On parlera plus tard. Pas maintenant. J'ai besoin de réfléchir.

J'observe mon père, et suis traversée par toute une gamme d'émotions. J'attends ça depuis tant d'années : me retrouver face à lui, voir son visage. Pouvoir lui parler. Ressentir quelque chose. Essayer de tisser un lien. J'ai prié pendant tant d'années pour qu'il vienne me chercher, me supplier de faire partie de sa vie, de lui pardonner. Et maintenant qu'il est là, je n'éprouve qu'angoisse et souffrance. Je voudrais lui dire quelque chose qui exprime ce que je ressens vraiment. Hélas, il n'y a pas de mots. Aucun mot ne peut décrire l'ampleur de ma détresse. *Pourquoi tu ne m'as jamais aimée ?* Voilà tout ce qui tourne dans ma tête tandis que je le regarde.

– Je vais y aller, dit Scott tout bas. (Je me tourne vers lui.) Je t'appelle plus tard, d'accord ?

(Il se penche un peu pour écarter délicatement une mèche de cheveux de mes yeux.)

– Oui. (Je lui fais un grand sourire.) Merci.

– Je t'en prie. (Il secoue la tête, ses yeux fixant les miens pour me poser des questions auxquelles je n'ai pas la réponse.) Bon, alors, j'y vais.

– OK. (Il marche vers la porte.) Je suggère que vous partiez aussi, tous les deux.

Je lance un bref regard vers Shane et mon père avant de faire demi-tour pour retourner dans ma chambre, et je claque la porte. D'accord, c'est impoli, et alors ? Ils ne méritent ni respect ni politesse. Ils ne se sont guère souciés, l'un comme l'autre, de ce qu'ils m'ont fait subir. Je m'effondre sur mon lit, je ferme les yeux pour attendre les larmes. Sauf que cette fois, elles ne viennent pas. Je suis juste submergée par le désespoir : ma vie va complètement changer, et j'ignore si ce sera pour le mieux.

3.

Scott

Les émotions, la souffrance, les grands discours, les situations stressantes, c'est pas mon truc. Et voilà que je me retrouve au milieu d'une espèce de mélo sans avoir la moindre idée de ce que je peux faire. Comme si Elizabeth et moi ne pouvions pas avoir la paix. Tout ça ne serait pas arrivé sans ses petits jeux du début, certes, mais du coup, on ne se serait sans doute jamais rencontré.

Si au moins je n'en avais pas rajouté après avoir découvert la vérité. Si je lui avais pardonné plus tôt, plus vite, on n'en serait pas là. Elle ne douterait pas de moi ni de mes sentiments. Elle n'aurait pas à réfléchir. Je suis furieux de m'être mis dans cette situation. Je me demande comment m'en sortir. Je n'en reviens pas que cet enfoiré de Shane soit là et qu'elle se préoccupe de lui. Elle mériterait que je lui donne une bonne fessée avant de la couvrir de chantilly que j'enlèverais avec ma langue. Histoire de lui rappeler pourquoi c'est moi, et moi seul, qui suis fait pour elle. Torturé par la jalousie, je vais m'asseoir sur mon canapé. Ce n'est pas du tout la soirée que j'espérais. J'attrape mon téléphone pour voir si elle m'a appelé ou envoyé un texto, mais non, rien à part un SMS de mon frère Aiden. J'allais allumer la télé, mais je préfère appeler Aiden d'abord. Il aura peut-être une idée. C'est lui qui a engagé Elizabeth pour jouer sa petite amie afin de reconquérir Alice, la femme de sa vie, alors peut-être pourra-t-il m'aider à trouver un plan.

– Salut, Scott, quoi de neuf ? (Aiden parle d'un ton enjoué, et je ne peux m'empêcher de sourire.)

– Pas grand-chose, frangin. Et toi ?

– Je m'occupe de mon problème. (Il rit.) Je prépare une surprise pour Alice, je l'emmène en week-end d'ici une ou deux semaines.

– Super ! Et pourquoi pas dès ce week-end ?

– Henry nous invite tous dans son manoir. (Aiden rit de nouveau.) D'ailleurs, il m'a demandé de t'inviter, avec Elizabeth et son amie Lacey.

– Ah bon ? (Je tique. Pourquoi il invite aussi Elizabeth et Lacey ? Henry s'intéresse à Elizabeth ou quoi ? Je sens mon corps se crisper à l'idée qu'un autre mec lorgne sur ma copine.)

– Je crois que Lacey lui a tapé dans l'œil, poursuit Aiden. (Je me détends). Il a demandé à Alice et Liv de lui en dire plus sur elle.

– Je ne savais pas qu'ils avaient discuté comme ça.

J'essaie de me rappeler l'unique partie de football à laquelle a assisté Lacey.

– Ben ouais, fait Aiden en bâillant. Comment ça se passe avec Elizabeth, au fait ?

– Pas terrible. (Je pousse un long soupir.) Plutôt mal, en fait. Son ex a refait surface, et il lui a ramené son foutu père ; je crois qu'elle est paumée, elle ne sait plus quoi faire.

– Aïe, ça, c'est pas top.

– M'en parle pas. Comment je vais faire ?

– Je crois que c'est le moment ou jamais pour toi, répond Aiden sur un ton amusé.

– Comment ça ?

– Ben, tu lui as demandé de devenir ton assistante pour de bon, non ?

– Ouais, et alors ?

– Alors tu la gardes, et tu t'arranges pour qu'elle soit folle de toi.

– Facile à dire, je soupire.

– Tu la séduis, et tu attends qu'elle en redemande, explique Aiden d'un ton amusé. Crois-moi, ça va marcher.

– J'ai plus envie de jouer, frangin, c'est ça qui m'a mis dans cette situation.

– Tu veux la récupérer, oui ou non ?

– Oui, évidemment.

– Bon. Arrange-toi pour qu'elle vienne au truc d'Henry ce week-end, et au boulot, tu sors la méthode magique.

– La méthode magique ?

– La méthode Taylor. (Aiden se marre, j'en fais autant.)

– Vaudrait mieux que ça marche.

– En amour, comme à la guerre, tous les coups sont permis. Si tu aimes vraiment Elizabeth, tu feras ce qu'il faut.

– Si tu le dis.

Le visage d'Elizabeth surgit dans ma tête, et je souris en sentant que je commence à bander rien qu'en pensant à elle. Je suis bon pour une douche froide. On a été interrompu au pire moment. Je meurs d'envie d'être en elle, de sentir ses ongles sur mon dos, son souffle sur ma peau. Lire mon nom sur ses lèvres. Je voudrais l'attacher. Lui donner une fessée. La couvrir de crème chantilly. La regarder se tortiller sur le lit, me suppliant de la prendre.

– Allo ?, lance Aiden.

Je me sens rougir quand je comprends que je l'ai complètement oublié au téléphone, tout à mes fantasmes avec Elizabeth. Je me reprends vite.

– Oui, je suis là. Désolé. Je réfléchissais.

– OK, te rends pas malade. (Aiden rit.) Bon, je te laisse, Alice m'appelle sur l'autre ligne.

– D'accord, salut. Merci !

– De rien, tu m'appelles quand tu veux.

– Ça marche. À bientôt.

Je ris en raccrochant, et j'essaie d'être positif. Bondissant sur mes pieds, je me dirige vers la salle de bains et tourne le robinet de la douche. Je me déshabille rapidement pour me mettre sous le jet et sentir l'eau couler sur moi. Hélas, je n'ai pas chassé Elizabeth de mes pensées. C'est une idée fixe : je voudrais être avec elle… Et puis, je cesse de ruminer, et j'essaie d'imaginer ce qu'elle éprouve, elle. Je réalise qu'elle doit être submergée par tout ça. Son ex réapparaît avec son père. Elle a raconté que c'est un père indigne qu'elle n'a pas vu depuis des années, non ? J'ai du mal à imaginer comme ça a dû être dur de le voir. Et bouleversant.

Je me mords la lèvre. *Quel sale type je fais.* Je ne pense qu'à moi et à mes envies. Pas du tout à elle et à ce qu'elle ressent. Je suis aussi nul que son ex. Lamentable. J'ai la chance d'avoir une famille si unie et aimante que je finis par trouver ça normal. Or, tout le monde n'a pas cette aubaine. J'ai honte de mon agacement, de ma jalousie. Il faut me reprendre, même si je suis contrarié qu'elle ait accordé ne serait-ce qu'une seconde à Shane. Bordel ! C'est moi qu'elle veut, non ? Je sors de la douche aussi vite que j'y suis entré pour appeler Elizabeth, et mon cœur cogne tandis que j'attends qu'elle décroche. *Et si elle ne répondait pas* ?

– Allo ?, me dit sa douce voix.

Je souris, soulagé.

– Salut, c'est moi, je voulais prendre de tes nouvelles. M'assurer que tout va bien.

– Oui, ça va, merci.

Sa voix est à peine audible, je ne suis pas convaincu.

– Tu es sûre ?

Je ne sais pas comment m'y prendre. Insister jusqu'à ce qu'elle admette que non, ça ne va pas ? Ou prétendre que je la crois, que tout va bien ? Et est-ce que je peux lui parler de nous ? On en est où ? Elle veut toujours de moi ? J'ai ma chance ? Je voudrais savoir pourquoi elle ne m'a pas dit que Shane est un joueur professionnel de base-ball. Comment lutter contre un type comme lui ?

– Ouais, certaine, marmonne-t-elle, et je comprends que ce n'est pas la peine, elle ne m'en dira pas plus. Pas pour l'instant.

– Je peux t'inviter pour un petit-déj' demain ?, je lance en espérant qu'elle accepte.

– Je ne sais pas...

J'ai failli grogner.

– S'il te plaît... (Je déteste mon ton suppliant.)

– Shane, c'est... (Elle s'arrête net.) Je veux dire Scott, désolée.

Elle se tait brusquement et là, je sens l'agacement qui monte en moi, la colère même. Elle me confond avec Shane ?

– Je sais que c'est difficile pour toi en ce moment, Elizabeth. Je ne veux pas t'embêter. (Je prends un ton plus sérieux.) C'est à propos de ton poste d'assistante.

– Hein ? (Sa voix exprime sa surprise.) De quoi tu parles ?

– Tu te souviens, tu as dit que tu serais mon assistante ? (Je répète, plus ferme.) Pendant la soirée avec ma famille.

– Je ne pensais pas que tu étais sérieux. On n'en a pas vraiment discuté.

– C'est bien pour ça que je voudrais te voir demain. Pour qu'on étudie ça de plus près.

– Ah bon, répond-elle. (Je souris.) À quelle heure ?

– Je passe te prendre vers huit heures, d'accord ?

– D'accord.

Je la sens perplexe. Tant pis. Je n'ai pas le choix pour l'amener où je veux.

– Parfait, je lance avant de chuchoter : et je te promets, pas de fessée demain, même si tu n'es pas gentille.

– Scott. (Elle s'étrangle, et j'éclate de rire.)

– Ne me dis pas que tu n'es pas encore mouillée de cet après-midi. (Impossible de m'arrêter.) Tu as de la chance que je ne t'aie pas prise devant Shane et ton père. C'était tout juste !

– Tu dépasses les bornes ! (Elle s'étrangle à nouveau, et je rigole.)

– Tu n'as encore rien vu ! (Je m'interromps avant de poursuivre.) Dors bien, Eliza chérie. À demain.

Je raccroche avec un grand sourire et un gourdin dans mon caleçon. J'ai tellement envie d'Elizabeth Jeffries ! Elle me rend fou. Je suis prêt à tout pour l'avoir à moi, rien qu'à moi, même s'il me faut insister encore et encore, jusqu'à ce qu'elle dise enfin oui.

4.

Elizabeth

– Henry, le frère de Xander, organise une soirée et nous invite à passer le week-end chez lui.

Scott m'annonce ça simplement, en mangeant ses pancakes. Assise en face de lui, je me demande à quoi il pense. Je n'arrive toujours pas à croire que j'ai accepté de petit-déjeuner avec lui, mais j'ai besoin d'argent, et j'ai accepté de l'aider en devenant son assistante.

– Je ne sais pas. (Je le regarde en fronçant les sourcils.) Pourquoi il m'inviterait ? Il ne me connaît pas.

Non, il ne me connaît pas. On s'est à peine dit trois mots. Du coup, je me demande si Scott a inventé tout ça.

– Il a bien précisé qu'il vous invitait Lacey et toi, répond Scott sans broncher, et je ne sais pas du tout s'il ment ou pas.

Je sais qu'il m'en veut. Que je devrais lui pardonner, oublier et avancer, accepter qu'il revienne. Je ne suis pas prête. Lui donner mon cœur, ça me fait peur. Trop peur qu'il le brise à nouveau. Surtout maintenant que Shane est revenu, avec mon père, ce qui m'a fait revivre la douleur et la solitude d'alors.

– Vraiment ? (Je réponds en faisant une grimace tout en pensant à Henry James, le frère de Xander.) Il est célibataire, non ?, j'ajoute sans réfléchir.

– Pourquoi ? (Scott plisse les yeux en me regardant.) Il t'intéresse ?

Ma parole, il est jaloux, ça me fait presque sourire.

– Tu es sérieux, là ?

– Je ne sais pas…

Il pince les lèvres, et sa jalousie n'est pas tout à fait déplaisante, même si ça m'agace quand même.

– Je demandais pour Lacey.

Pourquoi je me justifie… Je me souviens comment Lacey a regardé Henry sur le terrain de foot et a parlé avec lui. Peut-être qu'il y a un truc entre eux ?

– Ah bon, il l'intéresse ?

– Elle ne le connaît pas assez, mais on ne sait jamais. (Tout en disant ça, je revois Henry, plutôt beau gosse.) C'est un mec bien ?

Je me mords la lèvre inférieure. J'aimerais que Lacey rencontre quelqu'un, mais je ne voudrais pas qu'elle se retrouve avec un sale type. Pas question de la voir malheureuse. Je ne la laisserai pas rencontrer des abrutis.

Scott hausse les épaules en me regardant.

– Franchement, je ne peux pas dire. Je ne le connais pas assez.

– D'accord.

Je mords toujours ma lèvre, en fixant ses yeux bleu foncé. Il regarde ma bouche, et je vois bien qu'il a envie de m'embrasser. Mon estomac se noue. Moi aussi, je veux l'embrasser. Tout en sachant que si je le fais, ça ira tout de suite beaucoup plus loin, et du coup, il en déduirait que tout va bien – et ce serait une catastrophe. Il n'aurait plus à faire d'efforts, et moi, je n'aurais pas le temps de réfléchir pour décider s'il est fait pour moi et si je veux vraiment m'engager à nouveau. J'ignore aussi ce que cherche Shane, à quoi il joue.

Beaucoup de gens pourraient souffrir si tout était révélé.

– Alors, tu viendras ?

Ses yeux sont pleins d'espoir, et je ne sais pas quoi répondre. Mon cœur s'emballe, j'adore le fait qu'il me désire comme ça, mais la vraie question reste : est-ce que j'adore son attention parce qu'il m'attire, ou parce qu'il est mon âme sœur ? Pourquoi je doute tellement ? À cause de Shane. Non, je ne l'aime plus, je n'ai pas envie de lui, c'est plutôt le souvenir de ce que j'ai ressenti avec lui qui me perturbe. L'amour que je lui ai porté. L'adoration, même. Ce que j'ai pu pleurer à cause de notre séparation, le cœur en miettes. Comment ne pas douter de mes émotions ? De la réalité de ce que j'éprouve pour Scott ? Après tout, il a déjà manipulé mes sentiments, il pourrait bien recommencer. Comment avoir confiance en lui, ou en moi ?

– Je demanderai à Lacey ce qu'elle veut faire.

En même temps, est-ce une bonne idée ? J'ai eu l'impression que Lacey s'intéressait à Henry, mais encore faudrait-il que ce soit un type bien. C'est rarement le cas quand ils sont riches et beaux gosses : ils ne font qu'une bouchée de filles comme Lacey. Il risque de la manipuler avant de la laisser tomber. Pas question d'assister à ça. Lacey mérite mieux. Beaucoup mieux. Lacey mérite un homme qui l'aime de tout son cœur et la traite comme une reine. Je ne connais pas Henry, certes ; néanmoins, il ne m'a pas semblé être ce genre d'homme. Pour moi, il est plus proche de ces sales types arrogants, prétentieux, très sûrs d'eux, égoïstes jusqu'à la moelle.

– D'accord.

La voix de Scott exprime sa déception. Je lui souris en cessant de penser à Henry, et un soupir m'échappe quand je réalise que mon jugement n'est fondé sur rien de concret.

– Je te donne la réponse ce soir.

– On dîne ensemble ?, demande-t-il, plein d'espoir.

Je me contente de secouer la tête en souriant.

– J'ai d'autres projets.

Il me fixe.

– Avec qui ?

– Scott… (Je soupire.) Qu'est-ce que ça change ?

Je reste évasive : qu'il s'inquiète un peu, c'est son tour, après tout.

Il hausse les épaules.

– Rien, en effet. Si tu le dis.

– J'ai accepté de revoir Shane. (J'évite de croiser son regard.) Il veut me parler.

– À lui, tu dis oui, alors que moi, tu ne voulais pas me voir ce matin !

Il y a de la colère dans sa voix.

– Scott, tu sais bien que ce n'est pas ça.

– Non, bien sûr.

Il attrape sa tasse de café, les yeux dans le vague. Je vois bien qu'il est blessé, contrarié. Si les rôles étaient inversés, je ressentirais la même chose, il devrait comprendre que c'est difficile pour moi. Que je ne sais pas trop comment réagir. Il n'imagine pas à quel point c'est compliqué, et ce n'est pas son problème.

– Tu veux que je commence quand ? (Je change volontairement de sujet.)

– Lundi, répond-il sans me regarder.

– OK.

Je ne veux pas le relancer puisqu'il est de mauvaise humeur. Je trouve injuste qu'il m'en veuille à ce point. Il pourrait se montrer un peu plus compréhensif. D'accord, j'exagère. La situation est plutôt inconfortable. Bon, ce n'est pas le mot juste, disons bizarre. Pour nous deux. C'est vrai, quoi, je ne pouvais pas prévoir tout ça. Je n'y suis pour rien.

– Tu mérites une bonne correction, marmonne-t-il.

Je lui lance un regard complice.

– Tu crois ça ?

– Et comment ! Je vais te mettre en position sur mes genoux.

– Tu es un obsédé. (Je secoue la tête, et il se met à rire.)

– Tu peux parler ! Qui a dansé sur mes genoux pendant la fête au bureau, Madame Perverse ?

– Touchée.

Je lui tire la langue, et il fixe à nouveau ma bouche.

– J'aimerais mieux que TU me touches ! (Il me fait un clin d'œil, et on éclate de rire ensemble. Durant quelques secondes, c'est comme si tout allait bien entre nous, comme si on était reparti du bon pied.) Juste entre les jambes…

– Scott !

Je soupire en songeant que ce ne serait pas si mal de m'occuper de lui sous la table. *Eliza !* Je me rappelle moi-même à l'ordre, en pensée. Bien sûr que si, ce serait une énorme erreur de faire ça ! Non que je n'en aie pas envie… C'est juste que je sais très bien où ça nous mènerait.

– Oui, ma chérie, répond Scott, et je sens sa main avancer sur ma cuisse.

Il a donc eu la même idée, sauf que son cerveau n'y met pas de frein. Il ne lui rappelle pas que les caresses torrides ne sont pas la solution à mes problèmes. Au contraire, Scott va peut-être me dire que c'est le remède imparable ! Et je le croirai, du moins j'essaierai de me convaincre qu'il peut avoir raison. Faire l'amour ne peut pas faire de mal. Tandis que sa main progresse, je passe ma langue sur mes lèvres et, toute tendue, je sens mon cœur s'emballer et la chaleur m'envahir. Je me tortille sur mon siège, des picotements dans le ventre. Et si je ne disais pas non ?

– Elizabeth. (Scott se penche vers moi, sa main poursuivant son chemin.) J'ai envie d'être en toi, maintenant.

– Scott.

Je rougis et ne peux m'empêcher de penser que moi aussi, j'en ai envie.

– Oui ? (Je sens entre mes jambes la caresse de ses doigts.) Laisse-moi…

Il s'interrompt en voyant la serveuse approcher, l'air fatigué.

– Vous désirez autre chose ?, demande-t-elle d'une voix traînante. Ou bien je vous apporte l'addition ?

– L'addition, merci, répond Scott, un peu agacé.

Je me redresse en repoussant sa main, et réalise alors ce que j'ai failli faire.

– Sauf si tu veux quelque chose ? (Je secoue la tête.)

– Non, non, il va falloir que j'y aille.

– Déjà ?

Je vois à sa mimique qu'il a envie de dire autre chose. Il plisse les yeux et passe la main dans ses cheveux brillants. J'ai très envie de les caresser, moi aussi.

– Oui. Tu sais que j'ai des choses à faire.

– Shane, encore ?

Sa voix est dure, je me fige.

– Pardon ? (Je hausse le ton.) Qu'est-ce que tu veux dire ?

– Donc, j'apporte l'addition ?, coupe la serveuse, d'un ton las.

Je lève les yeux, un peu gênée qu'elle ait assisté à notre conversation, et lui fais signe que oui. Elle repart sans un mot.

– Elle a avalé un manche à balai, ou quoi ?, murmure Scott avec un rictus, et j'éclate de rire, sans cesser pour autant de lui en vouloir.

– Elle n'a pas l'air très contente d'être là, je réponds en hochant la tête sans le regarder.

– Pas l'air contente ? (Il grimace.) Elle fait peur, oui. On dirait une sorcière.

– Tu exagères !

– Non, je t'assure, on dirait une mégère !

Je lui attrape la main et la tapote doucement pour le faire taire : il parle de plus en plus fort, et j'ai peur que la serveuse l'entende. Je ne sais pas trop comment elle réagirait, mais elle est du genre à mal le prendre.

– Scott, chuuut ! Si elle t'entendait…

– Et alors ? (Il hausse les sourcils.) Elle va nous jeter dehors ?

– Bien sûr que non. Ce n'est pas une raison pour la blesser.

– Blesser une vieille sorcière ? (Il ricane, et cette fois, ça ne me fait pas rire.)

– Tu es méchant, en fait ! (Je lui fais une grimace.) Je te signale que je n'ai toujours pas digéré ton commentaire à propos de Shane.

– Et moi, je n'ai pas digéré que tu acceptes de le rencontrer.

Il a changé de ton, plus le moindre sourire dans sa voix.

– Scott, je sais que ce n'est pas évident pour toi que je le revoie... C'est trop compliqué à expliquer... et en plus, il a amené mon père. Bref, il faut que je lui parle.

– Bon, d'accord. Mais vous viendrez chez Henry ce week-end, Lacey et toi ?

– Je te l'ai dit, il faut que je demande à Lacey. Je ne sais pas si elle voudra.

– Je l'espère. (Il sort son portefeuille.) Ce serait sympa.

Il dépose plusieurs billets de vingt sur la table et se lève. Je le regarde, étonnée.

– Où tu vas ?

– Ben, tu voulais partir, non ? J'ai un truc à faire aujourd'hui, alors je vais y aller. Je te ramène ?

– Pas la peine, merci. Pourquoi, tu vas où ?

– Tu ne veux pas le savoir...

– Comment ça ?

Je me suis levée aussi. Toutes sortes de pensées me traversent l'esprit. De quoi parle-t-il ? Qu'est-ce qu'il a à faire, et pourquoi je ne voudrais pas le savoir ?

– Elizabeth, tu me confirmeras si tu peux venir ce week-end et si tu peux commencer dès lundi, OK ?

Il s'éloigne de la table en direction de la porte, et je presse le pas pour le rattraper.

– Amuse-toi bien avec Shane tout à l'heure.

– Ah bon ? C'est tout ce que tu as à me dire ?

– Oui. (Il m'adresse un bref sourire, m'ouvre la porte et me serre vite fait dans ses bras.) Appelle-moi ce soir, quand tu te seras décidée.

– Tu veux que je vienne, vraiment ?

Je suis gênée tout à coup, j'ai un doute, ce qui est idiot, bien sûr. Il vient de me le demander. C'est lui qui veut que je vienne, pas l'inverse.

– À ton avis, Elizabeth ? (Il lève les yeux au ciel.) Bonne journée.

Il s'éloigne vers la rue où, je suppose, il a garé sa voiture. Je le suis des yeux, déçue et contrariée. Il n'a même pas essayé de m'embrasser ni de me convaincre de partir avec lui. Comme s'il s'en fichait. Bon, j'exagère. C'est un peu gonflé de lui reprocher de ne pas avoir tenté d'aller plus loin. Je le sais bien. Pourtant, je n'arrive pas à l'admettre. Je voulais qu'il me poursuive, haletant, alors que moi, je ne m'implique pas du tout.

Un beau gâchis. J'attrape mon téléphone et me dirige vers ma voiture.

– Salut, Elizabeth ! Ça va ?, me répond tout de suite Lacey.

– Salut !

Je suis tellement contente qu'elle soit toujours disponible pour moi.

– Le petit-déj' a été bizarre.

– Tu t'y attendais, non ? (Elle rigole.) Toute cette semaine a été bizarre.

– C'est pas faux. (J'ouvre la portière de ma voiture.) Scott m'a dit qu'on était invité chez Henry pour le week-end. Tu te souviens d'Henry ? Le frère de Xander, à la partie de football ?

– Ah, oui, je crois. (Lacey baisse un peu la voix, et ça fait tilt dans ma tête.)

– Tu crois ? (Je la taquine.) Tu crois seulement ?

– Oui, bon, je me souviens de lui, et pas en bien. Il était beaucoup trop arrogant, quel abruti.

Elle n'arrête plus, je ne peux pas m'empêcher de rire.

– Ah oui, il t'a vraiment fait de l'effet.

– On peut dire ça, oui. Et devine ?

– Devine quoi ? (Tiens donc, elle change de sujet. Curieux !) J'ai trouvé un job en free-lance, serveuse pour des événements privés, m'annonce-t-elle, excitée.

– Un job ? Je croyais que tu devais te consacrer à l'écriture ?

– C'est à mi-temps. Toi, tu ne travailles plus pour Bob. On a besoin d'argent.

– Ah non, Lacey. Toi, tu écris ton livre, moi, je reprends le travail. Je vais être l'assistante de Scott, donc j'aurai un salaire.

En disant ça, je me rends compte que j'ai hâte de retourner travailler avec Scott.

– Elizabeth, tu crois que c'est une bonne idée ? Tu es sûre de vouloir faire ça ? Avant que tu ne répondes, je te préviens que je ne renoncerai pas à ce boulot de serveuse. Je vais gagner un peu d'argent et participer aux dépenses. Tu m'as invitée chez toi, mais il est hors de question que je vive à tes crochets.

– Lacey, je t'en prie, laisse-moi faire ça pour toi. Je veux que tu finisses ton livre.

– Je vais le finir, répond Lacey, pleine d'enthousiasme. Crois-moi, être ici, c'est déjà énorme. Et le simple fait d'avoir rencontré ce Henry m'a inspirée.

– Henry ? (*Tiens donc.*) Alors, tu as flashé sur lui ? On y va à ce week-end, du coup ?

– Non, vaut mieux pas. C'est une mauvaise idée. Pas du tout ce dont j'ai besoin après Steven.

– C'est vrai. Il te faut un mec bien. Vraiment bien. (Je sens un pincement à l'estomac.) Je tiens à t'aider, Lacey. Je veux que tu puisses compter sur moi comme j'ai toujours pu compter sur toi. Ne te sens pas obligée de prendre ce job. Tu ne me dois rien. C'est plutôt l'inverse.

– Arrête, Eliza. (Elle rit.) On a toujours compté l'une sur l'autre, et ce n'est pas près de s'arrêter. Ce boulot peut être une source d'inspiration. Je commence ce soir chez un type plein aux as. Peut-être que je vais faire des rencontres, qui sait ?

– Sérieusement, Lacey ? Tu n'as jamais été serveuse, et je ne crois pas que ce genre de soirée soit le meilleur endroit pour trouver l'inspiration, surtout si tu renverses de la nourriture partout.

– Il faut bien une première fois ! Tu ne me fais pas confiance ?

– Ha, ha, je vais essayer.

Je cesse de rire lorsque je réalise que son nouveau boulot l'empêche d'être libre ce soir.

– Ouh là, qu'est-ce qui se passe ?

– Shane vient ce soir. Si tu travailles, tu ne peux pas être là.

– Oh… Je peux dire que j'ai un empêchement.

– Non, pas question. C'est ton premier contrat. Je vais me débrouiller, ça ira.

– Tu es sûre ?

– Certaine. (Je mens.) Je suis une grande fille, je vais m'en sortir. Comme avec Scott ce matin.

– Comment c'était ?

– Bof, aucun intérêt. Je ne sais pas ce qui se passe.

– C'est-à-dire ?

– Est-ce qu'il m'aime, oui ou non ? Je me demande ce qu'il veut.

– Tu sais bien que tu lui plais, voyons. Pourquoi tu crois qu'il voulait prendre le petit-déjeuner avec toi ?

– Oui bon, je sais qu'il a envie de me sauter, et alors, est-ce que ça suffit ?

– Ah oui, d'accord. En tout cas, il a l'air d'être un type bien, non ? Tu dois pouvoir lui faire confiance…

– C'est ce que je croyais avec Shane, tu te souviens ?

C'est idiot de comparer Shane et Scott, je sais. Rien à voir. Faudrait que j'arrête.

– Ouais, tu étais jeune, et puis Shane, c'était Shane. (Elle change de ton.) Moi, j'ai fait confiance à Steve. On était étudiant, on était jeune. On ne savait pas.

– Ah oui, tandis que maintenant on sait tout ce qu'il faut savoir ! (Je ricane.)

– Mmm, je suppose que non, c'est vrai. Tu vois, je ne connais pas Henry, pourtant, quand je le vois, il ne m'inspire rien de bon.

– Et quand tu vois Scott ?

Pourquoi je pose la question ? Simple curiosité ?

– Lui, c'est un type correct. Un mec bien, même. Vraiment bien. Cela dit, je ne le connais pas trop, tu sais.

– Oui, je sais. Moi non plus d'ailleurs, sauf au sens biblique.

– C'est pas mal, ça, comme connaissance ! (Elle glousse.) En fait, on peut dire qu'il n'y a pas mieux.

– Arrête ! (Je me marre.) Tu délires !

– Tu trouves ? Alors qu'est-ce que tu vas penser quand tu liras mon livre *Tel est pris…* !

– Rien de négatif, j'en suis sûre. Tu es la personne la plus irréprochable que je connaisse.

Je suis émue d'avoir une amie si intègre et si chère à mon cœur. Je pense soudain à Shane, et mon cœur s'arrête quelques secondes. Qu'est-ce qu'il veut ? Pourquoi est-il venu ? Pour tout chambouler ? Il a pourtant fait assez de dégâts dans ma vie, il ne va pas recommencer.

– On se voit plus tard, d'accord, Lacey ? Il faut que j'aille faire des courses avant que Shane ne débarque.

– Pas de problème. Souhaite-moi bonne chance pour ce soir. Pourvu que je ne renverse pas de vin sur quelqu'un…

Je la rassure avant de raccrocher en riant. Lacey est plutôt maladroite, alors renverser un truc sur un invité, c'est son genre. Enfin, non, elle sera parfaite. Je l'espère. Je n'ai pas besoin d'une autre catastrophe en ce moment.

***

Le temps passe toujours lentement quand on espère un rendez-vous, un coup de fil, un message ou un signe de quelqu'un à qui on tient. Et même si je n'éprouve plus rien pour Shane, je suis un peu anxieuse en l'attendant. Si je n'ai aucune idée de la raison de sa venue, une chose est certaine, ce n'est pas l'amour. Comme il a amené mon père avec lui, je me doute que l'enjeu est d'importance ; autrement dit, il est prêt à tout pour arriver à ses fins. C'est plutôt effrayant. Je n'ai aucune envie qu'il dévoile des secrets susceptibles de me mettre dans l'embarras. Pas maintenant, alors que j'ai enfin tourné la page.

Quand la sonnette retentit, je quitte mon canapé pour me diriger vers l'entrée avec appréhension. C'est bizarre d'aller lui ouvrir, à lui que je pensais ne jamais revoir. Lui que j'ai aimé si fort, à qui je me suis donnée corps et âme. Lui qui est devenu un parfait étranger. Un pur et simple étranger. J'ouvre la porte, le cœur battant, tandis que je me retrouve face à lui. Si familier et si lointain à la fois. Comme c'est étrange de le revoir après tant d'années.

– Salut, Eliza, me dit-il avec un grand sourire.

– Salut. (Je lui réponds sans sourire. Pas question qu'il pense que tout est OK.)

– Comment vas-tu ?

– Bien, et toi ?

– Pas mal. Ça irait encore mieux si je pouvais entrer.

– Oh, oui, bien sûr, entre.

Je recule pour le laisser passer devant moi, puis referme la porte. Quand je me retourne, il me fixe avec une expression que je suis incapable de déchiffrer, ce qui ne me rassure pas. Avant, je lisais facilement sur son visage.

– On va s'installer dans le salon. (Je regarde au-delà de lui et me dirige vers le canapé.) Il y a des amandes et un mélange de fruits secs *(il adorait ça)*.

– Tu n'as pas oublié…, dit-il gaiement.

– Non, tu vois. (Je lui réponds avec un léger sourire, noyant un instant les mauvais souvenirs dans le bleu sombre de ses yeux.)

– Je t'ai apporté quelque chose, poursuit-il en me tendant un sac.

– Il ne fallait pas, je réponds en prenant le sac en plastique.

Il hausse les épaules tandis que je l'ouvre.

– Tu vas voir, c'est vraiment rien.

J'y trouve deux *Snickers* et un sachet d'oursons colorés en gélatine.

– Tu n'as pas oublié, dis-je en relevant les yeux.

– Bien sûr que non, répond-il en souriant.

On se regarde en avançant dans la pièce et durant quelques secondes, nous voilà de retour dans le passé. Je remarque que son visage a mûri. Finies les joues rebondies qui lui donnaient l'air juvénile. Son visage est bien celui d'un homme désormais. Plus rien qui évoque un gamin. En fait, cela ne fait qu'ajouter encore à son charme. Il scrute mon visage et moi le sien, on s'observe et on s'étudie mutuellement. Je m'assois dans le canapé, et il en fait autant. Appuyée au dossier, je tripote les coussins en cherchant quoi dire. Je suis embarrassée, déconcertée. Comme si j'étais redevenue adolescente, mal dans ma peau. Gênée. Quelle horreur ! C'est épouvantable.

– Alors...

La voix de Shane hésite, et je sens son épaule frôler la mienne.

Je répète son « Alors », mes yeux dans les siens, en me demandant comment c'est possible : nous sommes devenus deux étrangers. Nous étions si proches, et il n'en reste rien ? Il fut un temps où cet homme assis près de moi était l'amour de ma vie. Il était tout pour moi. Absolument tout. Et là... rien. Je ne ressens plus rien.

– Tu m'as manqué, dit-il simplement.

Je ne réponds pas. Prononcés il y a quelques années, ces mots auraient été décisifs pour moi. C'est tout ce que j'aurais voulu entendre de sa part, mais ici, maintenant, ils sonnent presque faux, déplacés.

– Il fallait que tu partes, je murmure finalement.

Il me regarde en hochant la tête. Que dire d'autre ? Il veut m'entendre dire qu'il m'a manqué aussi ? Comment être sûre qu'il est sincère ? Il en a l'air, mais je sais maintenant que je dois douter de mes impressions face à lui. J'ai cru qu'il m'aimerait pour toujours… je m'étais bien plantée.

– Je sais, dit-il l'air triste. Je comprends parfaitement. J'ai tout fait pour ça. Je le regrette amèrement. (Il passe la main dans ses cheveux et pousse un profond soupir.) Je suis sûr que tu te demandes ce que je fais là. Que tu as des tas de questions.

– Bien sûr que je me demande pourquoi tu es revenu. Et ne sachant quoi dire d'autre, j'ajoute : J'ai eu du mal à t'oublier.

Voilà, c'est dit, enfin.

C'est sans doute ce que j'ai vécu de plus difficile.

– Je suis vraiment désolé. (Il détourne le regard, et je déglutis. Je jurerais que c'est vrai.) Je t'aimais, tu sais ? (Il prend ma main.) Je t'aimais vraiment.

– Shane, tu étais mon meilleur ami, mais tu m'as rendue dingue…

Ma voix s'éteint, comme ensevelie sous les souvenirs et tout ce qu'il représentait pour moi.

– D'accord.

Il soupire et soudain, je suis convaincue qu'il est honnête. Qu'il n'est pas là pour remuer le passé et me faire payer pour le rôle que j'ai eu.

Les mensonges que j'ai racontés. Ma propre trahison.

– Je t'ai écrit une lettre, dis-je, hésitante.

Je le regarde en me demandant si c'est le bon moment pour tenter de faire la paix. J'ai lu récemment un livre qui explique que la meilleure façon de guérir les anciennes blessures, c'est de pardonner et d'oublier. Si on discute de tout ça, peut-être que j'y arriverai.

– J'ai voulu tout mettre sur le papier pour essayer d'aller mieux. Je peux la lire si tu veux, tu vas comprendre.

Je frémis à l'idée de lui révéler mes pensées les plus intimes, tout en songeant que ça pourrait avoir un effet rédempteur.

– Je ne sais pas, répond-il mal à l'aise. Tu es sûre ?

– Oui, oui, sûre.

Tout à coup, je sais que je dois le faire. Je me lève et me précipite dans ma chambre. J'ouvre le journal que j'écris depuis des années pour en extraire l'enveloppe contenant la fameuse lettre destinée à m'aider à clore le chapitre Shane. Je reviens m'asseoir à ses côtés sur le canapé. Ses yeux bleus brillent, interrogateurs, et durant quelques secondes, je me sens de nouveau littéralement aspirée vers lui. Je détourne le regard, prends une grande inspiration avant d'ouvrir l'enveloppe, et commence ma lecture.

À toi,

Tu me manques. C'est étrange de l'admettre parce que je te déteste ou du moins, je devrais, à cause de tout ce que tu m'as fait. Tu as brisé mon cœur. À cause de toi, je me sens minable. Je me sens moche. Être rejetée par toi est l'expérience la plus douloureuse, la plus difficile que j'aie eu à subir. Je n'aurais jamais cru qu'on en arriverait là. J'étais convaincue que nous étions liés par un amour puissant, indestructible. Que j'étais spéciale à tes yeux, que je comptais vraiment. Manifestement, j'avais tort. Je ne suis rien du tout pour toi. Ça fait mal. Affreusement mal. J'ai tout fait pour toi. J'aurais fait n'importe quoi pour toi. Je t'aurais aimé jusqu'à la fin de mes jours. Je crois que ce sera le cas, d'ailleurs. C'est comme ça, tu es mon âme sœur. Avec toi, je peux aller loin, très loin. Tu m'écoutes. Tu connais mes secrets et mes chagrins les plus intimes. Tu sais qui je suis.

Je suis restée. Alors que j'étais terrifiée à l'idée que tu me quittes. Tu disais que tu ne me quitterais jamais. Tu as menti. Tu es parti. Et je n'arrive pas à comprendre comment tu as pu faire ça. Mon cœur est en miettes. Il est vide. J'ai perdu une partie de moi-même. T'ai-je dit que tu me manques ? Que j'ignore comment tu peux avoir cet effet sur moi ? La nuit, je ne cesse de penser à toi. Je me demande si j'ai fait ou dit quelque chose que je n'aurais pas dû. Qu'est-ce qui ne va pas avec moi ? Je suis trop moche ? Trop grosse ? Méchante ? Pas drôle ?

Pourquoi me quitte-t-on ? Le saurai-je un jour ? Peut-être pas. Qui peut le savoir ? Je regrette. Je suis désolée pour tout. Pour le bébé. Pour Steve. Je suis une horrible personne. Je n'ai aucune excuse. Aucune. J'ai menti, j'ai trahi. Je voulais absolument te garder. J'ai honte de moi. Tellement honte. Je te déteste, je me déteste. Plus que tout. J'espère me guérir de ça un jour. Je vais prier. J'irai à l'église. Ne rigole pas. Il y a une première fois à tout. Je dois trouver ma voie. Il faut que je trouve une issue. La foi ? En autre chose que l'amour. Quelque chose qui ne soit pas toi. Tu m'as brisée. J'ai peur de ne jamais recoller les morceaux. De ne jamais comprendre.

Je t'aime. Je t'aime tant.

Eliza

Je m'étrangle en finissant, et je sens les larmes couler sur mes joues. Shane a l'air déconcerté, mal à l'aise. J'ai l'estomac noué. Était-ce une erreur de lui lire cette lettre ? C'était trop intense ? Trop personnel ? Je me sens déjà envahie par les regrets. Si seulement je ne la lui avais pas lue… Une partie de moi éprouve encore de la douleur et de la honte. Pas vis-à-vis de Shane. Je l'ai compris en le regardant. Ce n'est pas lui qui remue le plus de choses en moi. Pas dans l'état d'esprit où je suis le concernant.

– Ça va, Eliza ? (Il me parle gentiment en me prenant la main. Je lève les yeux et hoche la tête tandis qu'il se penche pour m'essuyer les joues.) Je suis désolé de t'avoir fait douter de toi. Je regrette que tu te sois sentie si moche. Tu sais pourtant que tu es magnifique, hein ? Tu es une fille formidable. Tu es belle. Tu sais combien je t'aime.

– Inutile de dire tout ça.

La situation devient inconfortable.

– Si, parce que je le pense. Ce que j'ai pu être stupide.

Quand ses doigts frôlent mes lèvres, je suis prête à bondir.

– OK, ça suffit. On a été stupide tous les deux.

Je m'éclaircis la gorge tandis qu'il se rapproche de moi sur le canapé. *Mon Dieu, qu'est-ce qu'il fait ?* Il commence à me caresser la joue. *Il croit que j'ai pardonné ? Que tout est réglé, maintenant ?*

– Pourquoi tu es revenu, Shane ? Et pourquoi avec mon père ?

– Toute ta vie, tu as voulu voir ton père, me répond-il (et je suis soulagée de le voir reculer légèrement, ses mains s'éloignant de mon visage). Tu rêvais de nouer un lien avec lui. Rappelle-toi combien de fois nous sommes allés jusque chez lui pour le rencontrer… et au dernier moment, tu fuyais. Tu as versé tant de larmes. Et puis, tu avais besoin de réponses. Moi, je t'en ai tellement voulu à cause du bébé. Et de tout le reste. (Il détourne le regard.) Tu m'as fait du mal, alors j'ai voulu t'en faire aussi. Et je l'ai fait. J'étais trop jeune pour encaisser tout ça. Trop jeune pour comprendre pourquoi tu as agi comme ça. C'était trop pour moi. J'avais mes propres problèmes, j'étais incapable de gérer les tiens en même temps, au bout du compte. Et puis, j'ai tout foiré. Ensuite, j'ai eu envie de te revoir. D'essayer de revenir dans ta vie. Que tu saches que j'étais encore et toujours là pour toi. J'ai voulu amener ton père jusqu'à toi. T'apporter des réponses. J'aimerais que tu trouves ces réponses. Tu le mérites.

– Oh, Shane… Je n'ai pas envie de le voir maintenant. C'est trop douloureux. Qu'est-ce qu'il pourrait bien dire pour que je me sente mieux ?

– Je n'en sais rien, ça doit quand même être possible, non ? Il a occupé tes pensées pendant tellement d'années.

– C'est vrai. (Je ferme les yeux.) Il m'a tellement fait pleurer. J'avais tant de peine pour ma mère aussi.

– Je sais. Tu ne méritais pas un père aussi lamentable.

– On a rarement des parents merveilleux, apparemment. En tout cas, j'ai eu tort de mentir à propos de ma grossesse. Je n'aurais jamais dû faire une chose pareille. J'avais tellement peur de te perdre. Je ne voulais pas que tu me quittes. Alors ce mensonge, c'était une tentative désespérée pour te garder.

Ma voix s'étouffe, comme si je suffoquais de honte. J'ai encore du mal à croire que je suis tombée si bas. Prétendre être enceinte pour garder mon petit ami ! Existe-t-il plus minable ? Hélas, je sais que la réponse est oui, et je sens la sueur perler sur mon front. Puis la migraine arrive, et je masse mes tempes.

– Tu en as parlé à Lacey ?, demande gentiment Shane.

– Pour le bébé ? Non, j'avais trop honte. (Ma voix se brise.) Je me rendais bien compte que c'était monstrueux. Je ne pouvais pas avouer que je t'avais menti là-dessus. Que j'avais utilisé de fausses échographies. Je n'ai pas eu le courage. (Je me mords les lèvres.) Parce que je suis sûre qu'elle aurait compris. Elle ne m'aurait pas jugée, pas elle. Mais j'avais vraiment trop honte.

– Et tu ne lui as rien dit pour le reste, non plus ?

Il a prononcé ça calmement et moi, j'ai juste envie de mourir.

– Non. (Ma voix n'est plus qu'un grincement, et à ce moment-là, je ressens une violente douleur, comme un coup de couteau dans le dos. Parmi toutes les choses que je regrette dans ma vie, il y en a une qui me donne des envies de suicide parce que j'ai l'impression d'être la personne la plus épouvantable sur Terre.) Comment j'aurais pu lui avouer une chose pareille ?

– Oui, bien sûr... Alors, c'est qui ce type qui était avec toi, Graham, c'est ça ?

– Scott ? (Ma voix est calme, je pense à lui et à son beau visage.)

– C'est ça, fait-il d'un ton agacé. Tu sors avec lui ?

– Non, non. Disons que je le vois de temps en temps. Je ne sais pas trop comment t'expliquer. Je l'aime bien, c'est un peu compliqué.

– Alors j'ai toujours une chance ?

Je fais non de la tête puis, en voyant la tristesse sur son visage, je précise :

– Je ne sais pas. (La lueur d'espoir qui éclaire son visage m'agace.) Shane, je ne sais plus où j'en suis. Te voir revenir, avec mon père en plus, ça fait beaucoup.

– Tant pis. Je peux attendre, pour toujours, me dit-il avec un sourire. Bon, tu vas parler à ton père ?

– Je ne vois pas du tout de quoi je pourrais lui parler.

– Ça te ferait peut-être du bien de bavarder avec lui. Je suis sûr que tu as toujours un tas de questions en tête.

– Naturellement, mais je ne vois pas ce que ça changerait de lui parler. Parfois, mieux vaut ne pas savoir.

– Je vois. (Il ne voit rien du tout, mais à quoi bon insister.) On peut se revoir bientôt ?

– Pour quoi faire, Shane ? Je ne sais pas ce que tu attends de moi.

– Je veux te retrouver, Eliza.

– Shane. C'est fini. Je ne veux pas recommencer. Désolée.

– Eliza, laisse-moi une chance. On a encore beaucoup à se dire.

– Je ne vois pas du tout à quoi tu fais allusion.

Je commence à me demander s'il y a une autre raison à sa présence.

– Je ne voudrais pas abuser. On peut se voir ce week-end, si tu préfères ?

– Non, je ne suis pas là ce week-end.

J'ai répondu sur un ton neutre, sachant que si je devais choisir entre Scott et Shane, je choisirais Scott.

– Tu vas où ?

– Je suis invitée, avec Lacey. (*Pourquoi je ne dis pas avec Scott ?*)

– Je vois. (Il se frotte le front en se levant, puis commence à faire les cent pas.) Je ne veux pas te mettre la pression. Je me doute que ce ne serait pas la bonne solution.

Je le regarde aller et venir les poings serrés.

– Tu ne me facilites pas la vie, Eliza.

– Ah vraiment ? (J'ai presque crié.) Tu plaisantes ? Shane, tu te pointes chez moi comme ça, après avoir disparu pendant des années.

Il se retourne pour me faire face.

– Je sais. J'ai mes raisons, je te l'ai dit.

– Je peux les connaître, Shane ?

Je me suis levée, et il n'y a plus la moindre bienveillance dans ma voix.

– Tu le sais.

– Ah oui, je t'ai tellement manqué, tu as découvert que tu m'aimais ? (Je hausse les sourcils.) C'est bien ça ?

– Tu ne me crois pas ?

Il a l'air contrarié.

– Pas tout à fait, non.

En disant cela, je me rappelle notre toute dernière conversation. L'absence totale d'amour et de sympathie dans son regard pendant qu'il m'annonçait qu'il ne m'avait jamais réellement aimée et que j'avais trop de problèmes. Et aussi que j'avais un gros cul, que tout devenait toujours trop dramatique avec moi, que j'aurais bien de la chance si je trouvais un mec qui puisse me supporter. Je revois celui qui a prononcé toutes ces paroles blessantes, et je vois mal comment l'homme qui m'a humiliée de la sorte pourrait soudain revenir me courtiser, le cœur plein de regrets et débordant d'amour.

– Que dois-je faire pour te le prouver ?

– Me prouver quoi ?

Je lui jette un regard las. Cette situation commence à me fatiguer. Je n'ai pas envie d'être ici avec lui. Je voudrais revenir à la semaine dernière, quand tout était beaucoup plus simple. Retourner travailler pour Bob, qu'il m'agace et m'énerve à nouveau. Me remettre à fantasmer sur Scott et discuter avec Lacey de son livre. Ces jours bénis où Shane n'était qu'un mauvais souvenir.

– Eliza, tu es vraiment dure avec moi.

– S'il te plaît, Shane. (Je bâille puis grommelle.) On peut remettre ça à la semaine prochaine ? J'ai besoin de réfléchir. Je t'en prie.

– D'accord. Profite bien de ce week-end avec Lacey ! On discutera la semaine prochaine. Tu seras peut-être plus raisonnable.

– Oui, c'est ça.

Voilà, aucune envie de me lancer dans une dispute maintenant. N'empêche, je lui aurais volontiers précisé qu'il commence à me taper sur les nerfs ; qu'il est chiant ; que j'aurais préféré qu'il ne soit pas revenu et que je n'ai pas confiance en lui – je ne l'ai pas fait. Quelque chose – une intuition ? – me déconseille de le mettre en colère. Je ne sais pas pourquoi. Une culpabilité à propos de Lacey ou autre chose, je vais devoir y réfléchir avant de décider quoi que ce soit.

– Merci d'être venu. (Je lui mens, pour qu'il pense que tout va bien.) Je t'appelle avant lundi.

– Parfait. (Il hoche la tête avec un grand sourire.) Passe-moi ton téléphone, je vais enregistrer mon numéro.

– Euh, OK…

Je lui tends mon portable, un peu réticente. Il sourit en tapant son numéro, et moi, je surveille de près qu'il n'aille pas jeter un œil sur mes messages.

– Voilà. C'est fait. On s'appelle. (Il me donne une brève accolade, puis se dirige vers la porte.) Merci encore, Eliza. Je suis content que tu m'aies lu cette lettre. Je me sens plus proche de toi. Comme avant.

– Oui, de rien. (Je lui ouvre la porte.) À plus tard.

Je n'aurais jamais dû lui lire cette lettre.

– À plus tard.

Je le regarde sortir de chez moi, et chaque cellule de mon corps souhaite ne plus jamais le revoir, oui, chaque cellule ! Pourtant, je sens bien que ce ne sera pas possible. J'allais appeler Lacey pour savoir comment se passait sa soirée « serveuse » lorsque mon téléphone a sonné. Le nom de Scott s'affiche, alors je réponds, sans hésitation.

– Salut, dit-il, surpris. Je ne pensais pas que tu allais décrocher.

– Alors pourquoi tu m'appelles ?

– J'allais te laisser un message.

– Ah, tu préfères que je raccroche, comme ça tu rappelles et tu laisses ton message ?

– Non, non. (Il se marre.) Je suis ravi d'entendre ta voix. Je croyais que tu serais encore avec Shane.

– Il vient de partir.

– Ah bon ?

– On se revoit la semaine prochaine.

– Ah ? (Il semble contrarié.)

– Tu m'appelles pour parler de Shane ?

– Non. (Il soupire.) Je voulais te dire que je suis content de t'avoir vue ce matin et puis, je viens d'avoir un coup de fil d'Henry.

– Ah oui ?

– Il paraît que Lacey travaille chez lui ce soir.

– Comment ? Je ne te crois pas ! (J'en reste bouche bée, et je me demande comment a réagi Lacey.)

– Si, si, je suppose qu'ils ne s'y attendaient ni l'un ni l'autre… Il voulait être sûr que je t'avais bien transmis l'invitation pour ce week-end. Il a l'air de tenir à ce que vous soyez là, Lacey et toi.

– Humm. (Je réfléchis une minute en pinçant les lèvres.) Pourquoi il y tient à ce point ?

– Aucune idée, dit-il. Enfin, si, j'en ai une petite. À mon avis, il flashe sur Lacey.

– Ouais.

Je commence à le penser aussi, et je ne suis pas certaine que ce soit une bonne chose. Il est bien insistant, je trouve, ça m'inquiète… Est-ce qu'il a l'intention de s'amuser à ses dépens ?

– Alors, vous viendrez ?

– Je n'en sais rien, dis-je en soupirant.

– Je t'en prie. (Il baisse la voix, je ressens des picotements dans le dos.)

– Pourquoi ?

– J'ai quelque chose pour toi.

– C'est quoi ?

– Si tu veux le savoir, tu dois venir.

– Scott !

– Quoi ? (Il rigole.) C'est comme ça !

– D'accord. (Je me dirige vers ma chambre et m'allonge sur mon lit.) Je viendrai.

– C'est vrai ? (Sa voix est enthousiaste.)

– Oui, oui.

– Génial… Tu es où, là ?

– Quoi ?

– Où es-tu ?

– Dans ma chambre.

– Hummmmm. J'aimerais tellement y être aussi.

– Scott !

– Oui, quoi ? rétorque-t-il en riant. Je n'ai pas dit pour quoi faire.

– Je sais très bien ce que tu as dit.

– Ah bon ?

– Parfaitement.

– Je peux venir, alors ?

– Non.

– Bon, alors je peux venir ?

– Comment ?

– Tu as bien compris.

– Quoi ? (Je suis sidérée.) Scott Taylor !

– Je peux bien demander…

– Tu es dégoûtant.

– Pas du tout. (Il se marre.) Ce que je veux te faire n'a rien de dégoûtant. En réalité, ce que je veux te faire est précisément tout le contraire de dégoûtant.

– Je te laisse… Bonne nuit, Scott.

– Bonne nuit, Elizabeth. Fais de beaux rêves de moi.

***

– Est-ce bien raisonnable, Lacey ? (Je bougonne pendant qu'on charge nos valises dans le coffre de ma voiture.) Je me demande si on n'est pas folle d'avoir accepté cette invitation chez Henry pour le week-end ?

– Oui, je confirme, on est cinglé, répond-elle en montant dans la voiture.

– C'est vrai, hein ? (Je ferme la portière et mets le contact.) Est-ce qu'on veut vraiment passer ce week-end avec Scott et Henry ? J'ai comme l'impression que ce n'est pas une très bonne idée.

– D'une mauvaise idée peut parfois découler un truc super…

– Tu crois qu'on arrivera à cette conclusion à la fin du week-end ?

– Franchement ? (Elle me lance un regard malicieux.)

– Oui, dis-moi !

Je la regarde en haussant les sourcils, un peu grisée, heureuse et tellement contente à l'idée de voir Scott, même si je me sens encore angoissée par tout ça.

– Je dirais que non. Je pense que ce Henry James n'est pas un type bien. Je t'ai raconté ce qu'il m'a dit pendant cette soirée où j'étais serveuse, non ? Comment il m'a poussée dans une pièce ?

– Je me souviens très bien, oui. (Je lui adresse un clin d'œil.) Et aussi que le lendemain, tu as fait un rêve érotique avec lui.

– Ne m'en parle pas, répond-elle dans un grognement. Qu'est-ce qui me prend ? Je suis presque sûre qu'il veut seulement coucher avec moi. Non, j'en suis sûre.

– Et malgré tout, tu as quand même envie de le revoir.

J'ai parlé gentiment, en lui faisant une grimace. J'ai envie de lui expliquer qu'une bonne partie de jambes en l'air vaut bien quelques peines de cœur, mais je ne suis pas certaine d'y croire moi-même.

– Il est tellement sexy. C'est le mec le plus attirant que j'aie rencontré de toute ma vie. Je ne comprends pas ce qui m'arrive. C'est pas du tout mon genre. Pourtant, là, après Steven, je crois que j'ai juste envie de m'amuser.

– Steven était un sale type. (Mon estomac se noue soudain, et l'inquiétude me saisit.) On ferait peut-être mieux de dire non ? On pourrait aller ailleurs, faire autre chose ?

– Tu irais où, toi ?

Elle semble un peu déroutée, et je sais que nous sommes sur la même longueur d'ondes. Nous ne savons pas ce qui nous attend ce week-end, et pourtant, on s'en fiche l'une comme l'autre. Moi, je suis prête à accepter l'imprévu quel qu'il soit. Fini de me laisser dicter mes décisions par mes peurs. Je veux voir Scott. Coûte que coûte. J'ai envie de le toucher, de profiter de sa présence. En espérant que mes inquiétudes ne ficheront pas tout en l'air.

– Nulle part ailleurs ! Je veux voir Scott. Mon Dieu, qu'est-ce qui nous arrive ? Où est-ce qu'on met les pieds, là ? J'espère qu'on ne commet pas une grosse erreur ?

– Je n'en sais rien, répond-elle avant d'éclater de rire.

– Et ça te met dans cet état-là ? (Je demande d'un ton soupçonneux pendant qu'elle continue de s'esclaffer.)

– Je pense à quelque chose.

Elle reprend son souffle et se remet à rire.

– À quoi ?

– Bon... (Elle baisse la voix et grimace.)

– Dis-moi à quoi tu penses Lacey.

– Je pense que je suis partante pour jouer avec Henry, quels que soient les jeux qu'il a en tête. (Elle frotte ses deux mains.) Je crois que tu as raison. Il pourrait bien se révéler une excellente source d'inspiration pour mon livre *Tel est pris...*

– Oh, Lacey ! Quand as-tu si mal tourné ?

– Quand je t'ai rencontrée, il y a combien d'années déjà ?

Elle me jette un regard plein d'ironie, et je vois bien qu'elle est sans doute encore plus enthousiasmée que moi par ce week-end. Henry James lui a vraiment tapé dans l'œil.

– Touchée, dis-je en riant. Bien joué, je ne l'ai pas volé.

– Allez, c'est parti !

Lacey se penche pour allumer la radio. Elle monte le son sur une chanson de Lady Gaga, et nous chantons en chœur, complètement détendues toutes les deux. Shane et mon père sont toujours dans mes pensées, mais j'ai décidé de ne pas les laisser me gâcher le week-end. Pas plus que mes sentiments pour Scott. Je reste torturée par le fait que ces sentiments se fondent sur un désir physique et que je ne peux donc pas vraiment être sûre de ce que j'éprouve pour lui, ni de ce qu'il attend de moi ; néanmoins, il n'est pas question de prendre des décisions dans l'état où mon père et Shane ont mis ma pauvre tête. J'ai compris, dans mon lit en pleine nuit, qu'une grande partie de mes problèmes sont une conséquence de mes relations avec eux. Ils m'ont fait douter de ma propre valeur et de ma foi en l'amour. La blessure est si profonde qu'encore maintenant, j'ai du mal à avancer. Parfois, je peine à respirer, à accepter que quelqu'un puisse m'aimer. Dans ma tête et mon cœur, je sais que je ne dois pas laisser leur jugement influencer mon estime de moi-même, alors pourquoi je n'ai pas réussi ? En réalité, je n'ai pas pu les chasser de mes pensées, eux et leur façon de me traiter. Ils m'ont brisée, mais pas complètement détruite. J'ai encore de l'espoir. J'ai compris ça le soir où Scott m'a appelée après le départ de Shane. Il me reste l'espoir. Je sais encore rire. Être enthousiaste. Scott déclenche toujours des picotements dans mon ventre. Alors, j'ai envie explorer ça, d'avoir l'occasion de découvrir ce qui pourrait se passer entre nous. Sans devoir tout remettre en question. Comment savoir ce qui est possible à moins d'essayer ? De faire de mon mieux ? Une part de moi sait que je l'aime, et j'ai peur, si je ne me laisse pas une chance de l'aimer pour de bon, de le perdre à jamais.

5.

Scott

– Xander, arrête. (Ma sœur Liv glousse en tapant son mari sur le bras.) Tu es dégueulasse !

– Non, je ne suis pas dégueulasse. Je suis Monsieur Tongue, répond-il en la taquinant, et tout le monde se met à rire.

– Xander, je t'en prie. (Cette fois, je hausse le ton et fais une grimace à mon beau-frère, qui est aussi le frère d'Henry.) Je n'ai vraiment pas envie de savoir ce genre de truc sur ma sœur et toi.

– Ah, pourquoi donc ? (Il se marre.) Où est ta copine ?

– Elizabeth n'est pas ma copine. Je m'empresse de répondre, en espérant qu'aucun membre de ma famille ne lui dira quoi que ce soit qui pourrait la faire fuir à peine arrivée. Je sais que je l'aime, et ils le savent sans doute tous aussi, vu que je parle tout le temps d'elle, mais comment être certain qu'elle mesure à quel point mes sentiments pour elle sont profonds ? Elle est en route avec Lacey. Elles ne devraient pas tarder. Un coup d'œil à ma montre – j'en suis au moins au dixième en à peine une heure. J'ai failli appeler pour savoir où elles en étaient… et puis non, je ne voulais pas sembler intrusif. Ce genre de comportement déplaît aux femmes autant qu'aux hommes. Je parcours l'immense pièce du regard et observe avec étonnement certaines peintures accrochées aux murs. Ma parole, Henry possède des chefs-d'œuvre, des originaux ! J'ai reconnu Picasso et Monet notamment, parmi les tableaux, et j'ai compris qu'Aiden ne plaisantait pas en disant qu'Henry était bourré de fric.

– Scott, je peux te parler une seconde ?

Henry m'appelle de l'autre bout de la pièce et je le rejoins, curieux de savoir ce qu'il veut me dire. Il ne me connaît pas, et je ne sais pas grand-chose de lui non plus, à part qu'il est le frère de Xander et qu'il semble avoir beaucoup d'argent.

– Hello, que se passe-t-il ? (Je m'approche de lui tandis qu'il me fixe de ses yeux verts, l'air sérieux.)

– J'aimerais te parler d'Elizabeth et de Lacey.

Puis il se racle la gorge et tourne les yeux vers les autres, restés de l'autre côté de la pièce et qui nous regardent.

– Ah bon ? À quel propos ?

– J'imagine que tu te demandes pourquoi je tenais à ce qu'elles viennent toutes les deux, ce week-end ?

– Oui, un peu. (Aussitôt, un doute me saisit.) Tu n'as pas l'intention de les initier au triolisme, n'est-ce pas ?

Cette simple pensée me fait déjà transpirer. Est-ce que je vais devoir remettre Henry à sa place dans sa propre demeure ?

– Quoi ? (Il s'esclaffe en secouant la tête.) Bien sûr que non !

– Parfait, dis-je. Alors, je crois qu'il faut que je te parle moi aussi.

– Ah ? (À son tour d'être intrigué.)

– C'est à propos de Lacey.

– Lacey ? Je croyais que c'était Elizabeth qui t'intéressait ? Non ? Ne me dis pas que c'est Lacey !

Il a un ton inquiet, et je jurerais qu'il a exprimé de la jalousie. C'est absurde… Il ne l'a vue qu'une seule fois !

– Si, je veux parler de Lacey. Je ne voudrais pas te mettre mal à l'aise ou sembler malpoli, d'autant que je suis chez toi et que tu es mon hôte, pourtant… (Je m'interromps comme si je réfléchissais à la suite.)

– Pourtant ?

Ses yeux me transpercent, et je comprends bien qu'il n'est pas habitué à ce qu'on lui parle ainsi. Je souris pour lui signaler que je n'ai rien contre lui, avant de poursuivre.

– Lacey est la meilleure amie d'Elizabeth, et je voudrais vraiment que ça marche entre Elizabeth et moi. Alors, bon, je ne sais pas quelles sont tes intentions ni ce que tu as prévu ici ce week-end, j'espère seulement que tu vas laisser Lacey tranquille.

– Pardon ? (Il hausse les sourcils en me jetant un regard assez narquois.)

– Écoute, tu es certainement un type bien. (Je m'éclaircis la voix.) Les choses sont déjà plutôt compliquées entre Elizabeth et moi ; quant à Lacey, d'après ce que j'ai compris, elle est un peu naïve. Elle n'a pas beaucoup d'expérience. Pour être clair, je n'ai pas envie de la voir souffrir. Pour son bien comme pour celui d'Elizabeth. Je ne veux pas que ça se passe mal, tu comprends ?

Je le regarde, il plisse les yeux.

– Donc, tu es en train de me conseiller de ne pas m'approcher de Lacey ?

Sa voix est plus grave, et on dirait qu'il va rire.

– Non, je soupire. Écoute, je ne sais pas. Je dis seulement que je ne veux pas qu'elle souffre.

– Je vois, dit-il en hochant la tête. Ce n'est pas mon intention. (Il pianote de la main sur le mur et s'éclaircit la voix.) Cela dit, je t'admire de me parler comme ça. Tu dois vraiment tenir à Elizabeth, pour veiller ainsi sur son amie.

– Oui, vraiment. (Nous échangeons un sourire, et je suis soulagé qu'il ait si bien pris la chose.) De quoi tu voulais me parler ?

– Je me demandais si tu savais quand Lacey et Elizabeth vont arriver, répond-il, un peu gêné. Elles sont en retard, non ? Elles viennent, c'est sûr ?

– Oui, sûr. Je ne sais pas pourquoi il leur faut si longtemps. Tu connais les filles. Elles se sont peut-être arrêtées faire une course ?

– Possible. (Il rit.) J'espère qu'elles ne vont pas annuler. Ce week-end ne serait pas pareil sans elles.

– Ah, ça, je suis bien d'accord !

Je ne peux m'empêcher de m'interroger sur la véritable raison qui le presse à voir Lacey. Qu'a-t-il donc prévu ? Une fois de plus, je jette un œil à mon téléphone pour vérifier l'heure. Un sentiment d'inquiétude m'envahit. Et si Elizabeth avait changé d'avis, après tout ? Je ne sais plus où on en est, ni ce qu'elle éprouve pour moi. J'ai la sensation que Shane a remué quelque chose en elle qui couvait depuis longtemps, sans aucune idée précise de ce que ça peut être. J'espérais que ce week-end nous rapprocherait et lui montrerait que je suis l'homme qu'il lui faut. Alors si elle ne vient pas, tout ça tombe à l'eau. Mon cœur fait un bond dans ma poitrine quand la sonnerie de mon portable retentit et que son nom s'affiche. Je regarde Henry, qui me fixe, en lui disant :

– C'est elle. Voyons voir ce qui se passe...

Il acquiesce tandis que je décroche.

– Allo ? Vous êtes où, les filles ?

– Salut, désolée. Lacey a eu un appel d'un vieil ami, et nous avons fait une pause déjeuner. (Elizabeth a l'air essoufflée.) On ne devrait pas tarder.

– Un vieil ami ou un ex ?, dis-je, curieux.

– Pourquoi ?, demande-t-elle, méfiante.

– Comme ça. Pour savoir si, du coup, Lacey a un ex qui risque de venir aussi.

À ce moment-là, je regarde Henry qui écoute la conversation, les mâchoires serrées.

– Je t'expliquerai quand on sera là. D'ici un quart d'heure, si j'en crois mon GPS.

– Très bien, parfait. On vous attend avec impatience ! Je poursuis, incapable de me retenir : Prépare-toi à une petite fessée ce soir, si tu n'es pas là dans un quart d'heure.

– Scott, s'exclame-t-elle.

– Je t'aurai prévenue, dis-je en raccrochant aussitôt, content de moi, puis je me tourne vers Henry : Elles seront là dans un quart d'heure.

– D'accord. (Il fait une pause et semble vouloir ajouter autre chose, puis se contente de secouer la tête avant de s'éloigner.) Merci pour l'information. Je vais en cuisine dire qu'on peut lancer la préparation du repas.

Il s'en va le dos droit, la tête haute. Je le suis des yeux tandis qu'il quitte la pièce, et je prends note en pensée de demander à Liv ce qu'elle sait précisément sur Henry. Plus je le connais, plus il semble différent de Xander. Les deux premières fois, je l'ai trouvé plutôt jovial et là, il me paraît beaucoup plus tendu. Je ne connais pas très bien

Lacey. Tout ce que je sais, c'est que c'est la meilleure amie d'Elizabeth, et je ne veux surtout pas qu'il lui arrive un truc moche.

***

– J'espère que ça te va : Henry nous a mis ensemble dans la grande chambre, et Lacey dans la petite. (J'accompagne Elizabeth à notre chambre, et Henry conduit Lacey à la sienne.) Je peux changer avec Lacey, si tu préfères dormir avec elle.

– Tu aimerais mieux ?

Elizabeth me fait un sourire moqueur, et je n'ai qu'une envie : l'attirer vers moi et l'embrasser passionnément.

– Tu sais ce que j'aimerais, dis-je tout en glissant les mains vers ses fesses et en les pressant doucement.

– Moi dessus ? plaisante-t-elle, et je sens aussitôt ma queue durcir.

– Toi sur moi, oui, tes seins frottant sur ma poitrine, je lui souffle dans l'oreille en ouvrant la porte de la chambre, et je poursuis : Ta chatte si contractée sur mon sexe que je te sens mouiller.

(Je suis des yeux la rougeur qui monte de son cou et se répand sur son visage.)

– Scott, crie-t-elle, choquée, et je me marre.

– C'est toi qui as commencé, chérie.

– J'espère que tu ne crois pas que ça va être ta fête, ce soir ?

Elle me lance un de ces regards... Comme elle est belle, et comme je suis heureux quand je pose mes yeux sur elle.

– Je ne pense qu'à la fête que ça va être pour toi, ce soir. (Je lui souris en passant ma langue sur mes lèvres.) Dis-moi ce que tu veux que je fasse pour ça – tout ce que tu veux. Tes désirs sont des ordres.

– Je te crois, Scott. (Elle rit puis s'étrangle presque en voyant la chambre.) C'est incroyable, ouah ! (Elle admire le lit à baldaquin et les rideaux de velours mauve sombre, puis se retourne vers moi.) Henry est super riche, ou quoi ?

Je hoche la tête tandis qu'elle se jette sur le lit.

– Il paraît qu'il est milliardaire. Je suppose que son frère et lui sont de mères différentes avec le même père ? La mère d'Henry vient d'une famille de magnats du pétrole, ou peut-être des chemins de fer, je ne me souviens pas.

– Ouah ! Je n'avais pas réalisé.

Elizabeth semble impressionnée. Je m'assois près d'elle, sur le lit.

– Il t'intéresse, du coup ?

– Non, idiot ! (Elle secoue la tête et se tourne vers moi.) Bien sûr que non. Je pensais tout haut, c'est tout. Je crois que Lacey va être étonnée, là.

– Elle a un faible pour lui, alors ?

Je la regarde dans les yeux. Je n'ai aucune envie de parler de Lacey. Seulement, je ne veux rien brusquer.

– Je crois, oui. (Elle a l'air inquiet.) J'ai l'impression que c'est le genre de mec capable de la dévorer puis de la rejeter. Je ne suis pas sûre que ce soit une bonne idée qu'ils sortent ensemble, même juste pour prendre du bon temps.

– Lacey veut s'amuser avec lui ?

Je suis surpris. Lacey ne me semblait pas être ce genre de fille.

– Pas exactement. (Elle secoue la tête en soupirant.) Je ne crois pas qu'elle sache ce qu'elle veut, ni ce qu'il veut.

– Oui, je comprends.

J'hésite à lui parler de ma conversation avec Henry, puis décide de me taire. Je ne veux pas qu'elle pense que je me mêle des affaires de Lacey.

– Enfin, bref.

Elle me fait un doux sourire, et je ne peux résister à l'envie de me pencher sur elle pour poser mes lèvres sur les siennes.

– Oh, murmure-t-elle tandis que ma langue s'introduit dans sa bouche et que je presse son sein droit de la main.

– Tu as un goût de fraise, je balbutie en suçant sa lèvre inférieure. (Elle passe sa main dans mes cheveux et les tire un peu. Je titille son téton en me rapprochant d'elle, ce qui la fait gémir et m'excite encore plus. Je me serre contre elle pour qu'elle sente, à mon érection, à quel point elle me rend fou. Alors, sa main, en guise de récompense, descend me caresser à travers mon pantalon.) Je te veux, dis-je dans un gémissement tandis qu'elle commence à ouvrir ma braguette. Je ne vais pas vouloir m'arrêter si on continue comme ça.

– Comme si ça t'arrivait de vouloir t'arrêter !

Elle rit en extirpant du jean ma bite qui se dresse fièrement sous la caresse de ses doigts chauds. Ça m'étonne qu'elle réagisse tout de suite aussi chaleureusement, mais pas question d'en perdre une miette, surtout lorsqu'elle baisse la tête pour me prendre dans sa bouche et commence à me sucer. Sa langue est fraîche sur ma peau, je ferme les yeux tandis qu'elle s'active. Je saisis ses cheveux et tente de penser à autre chose qu'à cette sensation fantastique, car je sais que je ne vais pas pouvoir me retenir, sinon, et ce serait fort dommage. J'aimerais profiter de ses lèvres enveloppantes aussi longtemps que possible.

Elizabeth s'affaire sur mon sexe quelques secondes à peine car très vite, je dois reculer. Surprise, elle lève les yeux, et j'émets un grognement avant de parler.

– Tu es trop douée, et moi trop excité. J'ai bien failli exploser.

– Ah bon ?, dit-elle avec un grand sourire.

– Tu aimes ça, hein ?, Tu vas voir. Lève-toi que je te déshabille.

Je lui ôte ses vêtements avec délicatesse. Je dégrafe son soutien-gorge, le balance par terre, puis me penche pour attraper un téton avec la bouche. Je tète quelques secondes tout en glissant ma main dans sa culotte en direction de la zone humide entre ses cuisses. Mes doigts la taquinent en douceur, j'adore la façon dont ses cuisses se contractent sur eux.

– Tu mouilles comme il faut… (J'accélère le mouvement de mes doigts, et je sens son corps frissonner contre moi.) Ça te manquait ça aussi, non ?

– Scott…

Elle gémit et saisit à nouveau ma queue.

– Oui, ma chérie ?

Je me détache d'elle et me déshabille à toute vitesse, pour être nu contre elle. J'ai besoin de sentir ma peau contre la sienne. J'ai envie d'être en elle.

– Non, rien, dit-elle tout en passant sa langue sur ses lèvres.

Je lui souris. Au moins, nous avons gardé ça. Je l'attire encore, en dépit de ce qui se passe dans sa vie. Elle a toujours envie de moi autant que j'ai envie d'elle. Dès que mon boxer a touché le sol, je m'approche d'elle pour la soulever. Elle laisse échapper un petit cri tandis que je la porte vers le lit pour la déposer sur le matelas. Je me place alors au-dessus d'elle et lui fais un clin d'œil. Elle gigote, et j'attrape ses bras pour les relever au-dessus de sa tête avant de me mettre à l'embrasser de toutes mes forces.

– Je vais te faire jouir comme jamais, beauté. (Je chuchote contre ses lèvres tout en la pénétrant. Je la sens vibrer, et m'immobilise un instant, le corps traversé par une sensation de plaisir et d'exaltation.) Que c'est bon…

Je marmonne contre sa bouche en reprenant mon va-et-vient. Elle entoure ma taille de ses jambes et appuie sur mes fesses pour accentuer et amplifier le mouvement. Je gémis en comprenant que je ne vais pas pouvoir me retenir plus longtemps. C'est trop puissant, trop intense. J'ai tellement rêvé de ce moment… Le fait de le vivre à nouveau m'a mis dans un tel état que je ne suis plus maître de rien. J'accélère encore, et soudain, je frémis en elle, je la serre de toutes mes forces et l'embrasse avec passion tandis qu'elle plante ses ongles sur mon dos, ses jambes tremblant contre moi. Nous jouissons ensemble, puis je roule sur le côté et l'attire dans mes bras.

– Désolé d'avoir été si rapide. Le deuxième round sera plus long.

J'ai presque du mal à respirer. Je joue avec ses seins en essayant de reprendre mon souffle.

– Tout va bien, répond-elle, allongée contre moi, essoufflée aussi. C'était vraiment bon.

– Je te l'avais dit ! (Je la regarde en riant.) S'il y a une chose que je sais faire, c'est bien la bête à deux dos, et quand on est ensemble, ça ne peut qu'être brûlant à mort.

– Oui, c'est vrai, dit-elle avec un clin d'œil. (Son sourire s'atténue un peu.) Voilà, ça, c'est fait, donc.

Je suis désarçonné par ce changement de ton.

– Comment ça ? Je croyais que c'était une bonne chose que ce soit brûlant entre nous ?

– C'est bien. (Elle hausse les épaules, puis se redresse.) Il faut qu'on s'habille, les autres vont se demander ce qu'on fabrique.

– Et alors ?

Je me demande ce qui ne va pas. Pourquoi est-elle redevenue distante si vite ? On dit que les hommes sont difficiles à comprendre, mais Elizabeth remporte la palme. C'est la femme la plus indéchiffrable que j'aie jamais connue. Je suis souvent contrarié par ses changements incessants de comportement, d'autant plus que c'est elle qui m'a enfumé la première. J'ai été sympa. C'est sans doute pour ça qu'on dit que les gentils ne gagnent jamais.

– Je me rhabille.

Elle saute du lit, attrape ses vêtements et les enfile à la hâte. J'en suis déboussolé.

– J'ai raté quelque chose ? C'est quoi, l'urgence ? Tu n'as pas aimé ?

– Si, c'était super. Vraiment bien. (Elle me fait un sourire forcé.) Je suis un bon coup, je suppose ?

– Pardon ? (Je me lève aussi.) Qu'est-ce que tu veux dire ?

– Rien que ça, je suis un bon coup en plus, non ? (Elle me regarde en haussant les épaules.) Je suis à peine arrivée, tu me sautes dessus…

– Quoi ?

Je suis tellement sidéré que je m'en déboîte presque la mâchoire. Elle a une expression de défi, et je retiens un énorme soupir et un juron.

– Attends, tu plaisantes, là, ou quoi ? (Je m'approche d'elle, mais elle me foudroie du regard, alors je m'arrête.) Elizabeth ?

– Ben oui, je suis là depuis dix minutes à peine, et on a déjà fait l'amour. Direct. Pas un seul « Comment vas-tu ? Comment tu te sens ? » Rien. Juste : « T'es canon, viens, on baise. » (Elle se frotte les yeux en soupirant.) D'accord, je ne t'ai pas résisté, ni repoussé. Malgré tout, tu aurais peut-être pu commencer par dire ou faire autre chose avant de tirer ton coup.

– Alors là, je ne sais pas du tout quoi te répondre.

Je me sens coupable et déconcerté. Pourquoi est-elle si furieuse ? Elle sait très bien à quel point je la trouve canon. Que j'ai envie d'être le plus proche possible d'elle. Depuis quand est-ce devenu un crime ? D'accord, j'aurais dû lui demander comment ça s'est passé avec Shane et s'il y a quelque chose de nouveau, mais je me suis dit qu'on pourrait en parler plus tard. Je ne suis pas pressé d'entendre parler de lui. Je le trouve stupide, et le simple fait de le mentionner fait monter la rage et la jalousie en moi. En fait, si je le revois, je crois que j'aurai envie de le cogner.

– Ah, oui, évidemment ! C'est pas grave. Au moins, je sais à quoi m'en tenir, en ce qui nous concerne.

– Comment ça ? Bordel, Elizabeth, je suis complètement largué là. Qu'est-ce que je t'ai fait ?

– Rien. Écoute, essayons juste de passer un bon week-end. Oublie ça. Oublie ce que j'ai dit.

– Et comment tu veux que j'oublie ? Je suis perdu, là.

Je me frotte les tempes et prends une grande inspiration, je ne veux surtout pas dire quelque chose que je regretterai.

– Tu sais, ce qui se passe là – je pointe mon doigt vers elle, puis vers moi ? Entre nous, ce n'est pas qu'une histoire de cul, hein ? Tu sais que tu comptes beaucoup pour moi. Je tiens à toi, tu le sais, j'espère ?

– Oui, oui. (Elle hoche la tête, puis se tourne vers la porte.) On va rejoindre les autres ? On en discutera plus tard.

– OK, dis-je en me dépêchant d'enfiler le reste de mes vêtements.

Je ne sais pas du tout quoi répondre, et ce n'est pas le moment de se lancer dans une grande conversation. Que faire ? Je suis totalement perdu. Et franchement, cet état de confusion me met très mal à l'aise. Je me sens angoissé, inquiet, nerveux. Je n'ai pas du tout l'habitude d'éprouver de telles sensations. En fait, j'ai peur de la perdre. Et ça me fiche une sacrée trouille. Ne plus jamais la voir. Ne plus jamais l'avoir. Ne plus jamais être avec elle, c'est carrément flippant. J'ai besoin d'elle. Je veux être celui à qui elle peut faire confiance. Celui sur lequel elle peut compter. Elle doit savoir que je suis un type bien. Sans que j'aie besoin d'argumenter pour la convaincre. Je ne veux pas être jaloux, malade ou possessif. Ni lui poser un ultimatum. Il faut qu'elle sache que je l'aime. Après tout ce qu'on a traversé, elle devrait savoir que je suis un mec bien. Que je suis le bon. Fait pour elle. J'étouffe un soupir en quittant la chambre derrière elle. Elizabeth Jeffries est tout pour moi. Absolument tout, et elle ne s'en rend même pas compte. Elle ne peut pas ignorer que le sexe n'est qu'un élément dans tout ça ? Que ce qui compte vraiment pour moi, c'est de prendre son cœur ? Oui, le lui voler comme elle a volé le mien – mais je ne peux pas lui dire. Pas maintenant. Elle ne me croirait sans doute pas.

6.

Elizabeth

Mon cœur bat à tout rompre tandis que j'avance dans le couloir devant Scott. J'ai chaud et froid en même temps, et je sais que j'ai disjoncté. L'expression d'égarement sur son visage m'a attristée, je me suis sentie coupable et je n'ai pas réussi à contenir mes émotions. Faire l'amour de nouveau avec lui, c'était super, bien sûr, seulement je me suis sentie minable et utilisée. Surtout quand il s'est mis à plaisanter sur le fait qu'entre nous, c'était brûlant. C'est vrai, pas de doute ; pourtant, j'attendais autre chose à ce moment-là. Par exemple qu'il me dise que je suis belle, ou que je lui ai manqué, ou encore qu'il est heureux que je sois avec lui ce week-end. J'aurais aimé entendre des mots doux, pour me sentir aimée, alors qu'encore une fois, il s'est contenté de parler sexe. Ça m'a rendue dingue. Un peu trop, c'est vrai. Je sais que ma réaction était démesurée, je n'ai pas su me raisonner. Je soupire en longeant le couloir, comme si à chaque pas le silence creusait le fossé entre nous.

– On en parle tout à l'heure, dit Scott avant qu'on n'entre dans la grande salle à manger.

– D'accord.

Je me retourne vers lui, inquiète de l'expression que je vais lire dans ses yeux. Je ne serais guère surprise d'y voir de l'agacement ou de l'indifférence. Je sais que depuis l'arrivée de Shane, je me conduis de façon bizarre. Et pas seulement envers lui. Je vais bien devoir lui expliquer d'où ça sort. Tout ça fait que je me sens lasse et fatiguée. Je n'ai pas envie de remuer ces tristes souvenirs, de retourner dans le passé. C'est encore trop douloureux d'y penser. J'en pleurerais encore. Je me retrouve à nouveau comme un faon égaré qui n'aurait jamais retrouvé son chemin. Pourtant, je sais que je dois ça à Scott. Il mérite que je lui dévoile mon côté vulnérable. Cette part de moi qui l'a fait fuir. Celle qui fait de moi la femme prudente que je suis aujourd'hui.

– Seulement si tu en as envie, bien sûr. (Il a parlé d'une voix grave, et je vois dans ses yeux qu'il n'est pas sûr de ma réaction.)

– Oui, c'est bon. (J'effleure son épaule.) Écoute, je suis désolée d'avoir réagi comme ça. J'ai eu une très longue semaine.

– Je comprends. (Il hoche la tête et m'embrasse sur la joue.) N'oublie surtout pas, ce n'est pas uniquement sexuel. Ça ne l'a jamais été. Tu représentes bien plus pour moi.

– Merci, Scott. (Mon cœur s'emballe en entendant ses mots, et je lui fais un grand sourire.) Je ne l'oublierai pas.

– Parfait, dit-il en me mettant une petite claque sur les fesses. On ferait bien d'y aller.

– Oui, allons-y.

Nous nous mêlons aux autres, et je fais un petit signe à Aiden qui me sourit en retour. Je regarde autour de moi pour trouver Lacey, et ma curiosité s'accroît quand je la vois debout dans un coin, le visage tout rouge tandis qu'Henry chuchote des mots à son oreille. *Qu'est-ce qu'il peut bien lui raconter ?* me dis-je en me dirigeant droit vers elle.

– Salut Lacey ! Alors, ta chambre te plaît ?

– Oui, glousse-t-elle, avec un air égaré et amusé. Henry a une maison superbe.

– C'est vrai, dis-je en tournant les yeux vers notre hôte. Merci pour l'invitation.

– Vous êtes les bienvenues, répond-il en posant ses yeux verts et brillants sur moi. Je suis ravi que vous ayez pu venir.

Il hoche légèrement la tête avec un grand sourire. Je le fixe quelques secondes avec reconnaissance. C'est vraiment un homme au charme dingue. Je n'en ai jamais vu de plus élégant. En observant Lacey, je comprends qu'il lui fait le même effet et que c'est périlleux.

– Alors, vous êtes amies depuis longtemps, avec Lacey, je crois ?, me demande-t-il, les yeux fixés sur Lacey.

– Oui, très amies depuis des années. C'est comme ma sœur, en fait.

Elle fait partie de ma famille, je ne peux rien lui refuser.

– Ah, Eliza !, dit Lacey joyeusement. Tu es géniale !

– J'essaie…

Je voyage mentalement dans le passé, et un sentiment de culpabilité me saisit. Je la dévisage et me demande ce qu'elle dirait si elle apprenait ce que j'ai fait. Me pardonnerait-elle ? Pourrait-elle comprendre ? Je frémis en pensant à toutes ces choses que j'ai tenté de laisser derrière moi. Les souvenirs que j'ai voulu oublier. Je souhaite seulement que tout redevienne comme avant. Je ne veux pas penser au passé. Je ne veux pas revenir en arrière.

– Comment trouvez-vous la chambre, avec Scott ?

Henry a parlé d'une voix traînante et sexy. Je le regarde d'un air intrigué, en me demandant si c'est sa voix normale ou s'il en rajoute.

– Magnifique, merci.

– Très bien. Il sourit et se tourne vers Lacey : Je te fais faire le tour des jardins un peu plus tard ?

– Non, merci, c'est gentil, répond Lacey en secouant la tête. Je crois que je vais me coucher tôt.

Elle lui sourit gentiment, puis me regarde en roulant des yeux. Je me mords les lèvres pour m'empêcher d'éclater de rire en remarquant l'expression dépitée d'Henry. *Qu'est-ce qui se passe ?*

– Comme tu veux, dit-il durement. Je t'assure que les jardins sont très beaux, la nuit.

– Oui, je n'en doute pas, assure-t-elle. Merci, tout va bien.

– Comme tu voudras. (Il semble vouloir ajouter autre chose, et finit par faire demi-tour pour aller rejoindre les autres.)

– Il s'est passé quoi, là ?, je demande à Lacey, intriguée.

– Tu ne vas pas le croire. (Elle secoue la tête, baisse la voix.) Ce mec est un gros porc.

– Oh ? (Je réprime un sourire.)

Je n'ai jamais vu Lacey aussi furieuse à propos d'un type qu'elle connaît à peine.

– Il est entré dans ma chambre pendant que je me changeais sans même s'excuser, poursuit-elle, toute rouge. Et puis, il m'a sorti des trucs… tu auras du mal à le croire.

– Je suis sûre que non. Dis-moi ?

J'ai très envie de savoir ce qui s'est passé. Des histoires un peu croustillantes sans aucun lien avec mes propres problèmes, exactement ce dont j'ai besoin.

– En fait, il m'a fait des propositions, direct. Enfin, presque. Il a… (Elle baisse la voix et tourne la tête.) Oui, Henry ?, lance-t-elle, tandis que je le vois revenir vers nous.

– Oui, Lacey ?, dit-il d'un ton ironique. Tu as besoin d'aide ?

– Comment ?, répond-elle, gênée.

– Tu as besoin d'aide ?, répète-t-il avec un rictus.

– Non pourquoi ? C'est toi qui reviens vers nous.

– Tout à fait, je voudrais juste savoir ce que je peux faire pour toi...

Il la regarde d'un air innocent, et j'observe cet échange avec amusement. Pauvre Lacey, je vois combien elle est mal à l'aise.

– Faire quoi ?, demande-t-elle, toujours aussi gênée.

– Dis-moi. Tout ce que tu veux.

– Je ne veux rien, répond Lacey avant de me lancer un regard où je lis : « Tu vois ce que je veux dire ? »

– On dîne bientôt ? (J'interviens pour aider ma copine.) J'ai un petit creux.

– Oui, ça ne va pas tarder. Si vous voulez bien me suivre... Désolé pour le retard, dit Henry tandis que nous rejoignons l'ensemble du groupe. Prenez place.

– Tu veux nous faire mourir de faim ?, lance Xander, ce qui fait rigoler Henry.

– Jamais de la vie. Je le jure !, crie-t-il la main sur le cœur.

Il tire une chaise et se tourne vers Lacey.

– Asseyez-vous, très chère !

– Merci, dit Lacey à voix basse, et il pousse sa chaise quand elle est assise.

– Vous pouvez tous prendre place, dit Henry avant de s'installer à côté de Lacey.

– C'est très gentil, répond Xander en riant et en tirant une chaise pour sa femme, Liv.

– Tu te mets à côté de moi ? me demande Scott, et je le suis de l'autre côté de la table. Ensuite, tout en reculant ma chaise, il me glisse à l'oreille : Henry aime bien Lacey, on dirait. J'espère qu'elle n'est pas trop dépassée.

– Oh que si, hélas !

Je regarde Henry, en face de moi, qui sert du vin à Lacey tout en lui parlant. Je n'entends pas ses paroles, mais d'après l'expression de Lacey, il s'agit d'un truc salace. Elle lève alors les yeux vers moi, l'air de dire : *C'était peut-être pas une bonne idée, en fait.* Je lui souris, puis reviens à Henry, qui semble très calme, détendu et posé. Moi, j'ai bien des problèmes avec Scott, rien à voir toutefois avec ce que je vois se profiler pour Lacey avec Henry. Vraiment rien à voir. Et je me demande si, au bout du compte, ce week-end n'a pas été une très mauvaise idée.

***

Alors que chacun s'apprête à se lever de table et à regagner sa chambre, je remercie notre hôte.

– C'était vraiment délicieux, Henry. Merci.

– Ravi que cela t'ait plu, répond-il d'un air distrait, le regard fixé sur Lacey qui est déjà debout, de l'autre côté de la pièce, en pleine discussion avec Chett, le frère de Scott.

– Ça fait longtemps que je ne m'étais pas autant régalée…

Henry m'interrompt :

– Excuse-moi.

Il se dirige d'un pas rapide vers l'autre bout de la pièce.

– Il lui colle vraiment aux basques, me dit Scott.

– Je sais. On ne peut pas faire grand-chose, pour l'instant.

– En effet, confirme-t-il en souriant. Alors, tu veux qu'on discute ?

– D'accord. On retourne dans la chambre ? À moins qu'on ne fasse un tour dehors, il paraît que les jardins sont superbes, de nuit.

– Comme tu préfères, dit-il en me décochant un de ses sourires irrésistibles qui affolent mon cœur.

– Scott Taylor, tu es un amour, hein ?

– C'est ce que je me tue à te dire, fait-il avec un clin d'œil. Pourquoi tu ne veux pas me croire ?

– Vas-y, je te laisse essayer de me convaincre. (Je lui fais à mon tour un clin d'œil.)

– J'accepte, si je suis sûr que tu ne te fâcheras pas.

Il me lance un regard par en dessous, et je retiens un soupir.

– Je peux comprendre… (Je me penche vers lui pour l'embrasser sur la joue.) Je t'assure que je ne suis pas du tout du genre Docteur Jekyll et Mister Hyde, d'habitude.

– Tant mieux !, s'écrie-t-il, et je vois à son expression qu'il n'est pas convaincu.

– Allez, on y va !

Je m'apprête à lui prendre la main quand on sonne à la porte. On se regarde, surpris. J'ignorais qu'un autre invité était attendu. Après le dîner, en plus ? Henry se dirige vers la porte d'entrée, l'air tout aussi étonné.

– Je me demande qui ça peut être. Tu m'accompagnes, Lacey ?

– Euh, oui, répond-elle en lui emboîtant le pas, sans avoir l'air très enthousiaste.

– On vient avec vous !

J'attrape la main de Scott, et nous suivons Henry et Lacey. Soudain, un sentiment d'inquiétude m'oppresse. Je me sens angoissée, comme si quelque chose de terrible allait arriver. J'ai chaud et froid en même temps tandis que nous approchons de l'entrée, et j'essaie tant bien que mal de me raisonner. Je deviens parano, ou quoi ?

– Tu ne te sens pas bien ?, demande Scott. Tu es toute pâle.

– Si, ça va. J'ai juste eu une drôle d'impression. Je ne sais pas trop pourquoi.

– Mmmm. Dis-moi, si je peux faire quelque chose.

– Oui, merci.

Henry ouvre la porte et demande d'une voix rauque.

– Bonsoir, c'est à quel sujet ?

– Bonsoir… Oh, salut, Lacey, dit une voix grave, et j'ai l'impression de défaillir.

Non, non, non, ce n'est pas vrai. Encore !

– Bonjour Shane, répond Lacey sur un ton agacé et réprobateur. Qu'est-ce que tu fais là ?

– Qui c'est, celui-là ? demande Henry, l'air fâché. (Il regarde Lacey en plissant les yeux.) C'est qui, Shane ?

– C'est…

Lacey s'interrompt tandis qu'Henry s'adresse à Shane.

– Qu'est-ce que tu veux ?

Il se tient à la porte, imposant comme une statue, et son attitude m'impressionne. Même si elle est parfaitement déplacée. Henry se conduit comme s'il était l'amant jaloux et possessif de Lacey, alors qu'il la connaît à peine.

– Excuse-moi, mais tu es qui, toi ? dit Shane, exaspéré.

– Je suis le propriétaire de cette maison. Pourquoi tu débarques comme ça chez moi ?, demande Henry en avançant vers lui.

– Je suis venu voir Elizabeth, c'est tout.

– Elizabeth ?, demande Henry, qui recule et se tourne vers Lacey puis vers moi, l'expression de son visage s'apaisant aussitôt.

– Oui, mon ex, Elizabeth. Elle est bien là, non ?

J'ai envie de hurler. Comment il a su où j'étais ? Pourquoi est-il venu ? Bon sang, c'est quoi, ce cirque ? Je me tourne vers Scott et constate qu'il est tout aussi exaspéré. Il me fusille du regard.

– Tu l'as invité ?

Je secoue la tête.

– Bien sûr que non, je n'aurais jamais fait ça.

– Tu lui as dit où tu allais ?

– Non.

– Alors, comment il a pu te retrouver ?

– Aucune idée. (Je me mords les lèvres en essayant de me rappeler si j'ai pu mentionner par inadvertance le lieu ou l'adresse.) Franchement, aucune idée.

– Je peux entrer ?, demande Shane.

Je le regarde s'avancer sans attendre de réponse, un énorme bouquet de fleurs à la main. En m'apercevant, il m'adresse un immense sourire.

– Ah, te voilà, Eliza.

Il se précipite sur moi pour m'envelopper de ses bras.

– Tu m'as manqué !

– Quoi ? (Je le dévisage comme s'il était fou.) Qu'est-ce que tu fais ici ? Comment tu m'as retrouvée ?

– Il fallait absolument que je te revoie. Je ne pouvais pas rester loin de toi. Tu sais ce que je ressens pour toi, m'explique-t-il, le regard langoureux.

– Shane, je t'ai dit qu'on se verrait la semaine prochaine. Comment tu as pu savoir où j'étais ?

Ma voix tremble de colère. Scott, Lacey et Henry nous fixent avec attention.

– Eliza, je t'aime. Je veux t'épouser.

Shane sort une bague de sa poche. J'en reste bouche bée, sidérée.

– Quoi ?, s'exclame Lacey en même temps que moi.

– Je sais, je sais, c'est inattendu. Voilà : je ne veux pas vivre un jour de plus sans toi. On a été séparé bien trop longtemps. J'ai besoin d'être près de toi. Je veux passer le reste de ma vie avec toi, comme on se l'était promis il y a tant d'années.

– Shane, tu es tombé sur la tête ? Et puis, arrête de changer de sujet, dis-moi comment tu as su où me trouver ?

– J'ai activé la localisation sur ton téléphone quand j'ai entré mon numéro.

– Quoi ! Tu as fait quoi ?

– C'est la localisation, le GPS. (Il hausse les épaules.) Je me suis dit que puisqu'on va se marier, chacun de nous doit savoir à tout moment où se trouve l'autre.

– Shane, tu es complètement cinglé. Tu ne peux pas faire ce genre de truc. On ne va pas se marier. Écoute, je ne sais pas ce que tu veux ni pourquoi tu es là, mais tu es vraiment flippant. Là, tu dépasses les bornes.

– Qu'est-ce que tu racontes, Eliza ?, me lance-t-il, énervé.

– Je ne raconte rien. Je ne suis pas intéressée du tout. Je n'ai aucune envie d'être avec toi. Laisse-moi tranquille.

– Tu disais que tu allais m'aimer pour toujours, insiste Shane, grimaçant. Tu m'as dit que ton vœu le plus cher était de m'épouser.

– On était adolescent quand j'ai dit ça, Shane. Les choses ont changé. Tu m'as quittée. Tu as dit que tu ne m'avais jamais aimée. L'eau a coulé sous les ponts, depuis. (Je soupire.) Comment peux-tu croire sérieusement que je pourrais accepter de revenir vers toi, comme si rien n'avait changé ?

– Espèce de garce. (Ses yeux deviennent deux fentes.) Salope ! Tu n'es qu'une sale menteuse !

Je le regarde, abasourdie, effrayée par son regard et sa véhémence.

– Va-t'en, maintenant, intervient Scott sur un ton furieux en fixant Shane. Va-t'en, et ne reviens plus jamais. Laisse Elizabeth tranquille.

– La ferme !, lui rétorque Shane avec un regard méprisant. Pauvre abruti, tu n'imagines pas de quoi est capable Elizabeth. Elle te brisera le cœur à toi aussi.

– Mec, il est temps de partir. (Henry monte le ton, le regard sombre et décidé, et avance vers Shane.) Ici, tu es chez moi, et tu n'es pas le bienvenu.

– Va-t'en, Shane, lui dit Lacey, le visage empourpré. Pourquoi tu ne la laisses pas en paix ? Tu lui as déjà brisé le cœur. Pourquoi vouloir recommencer ?

– Je vais t'expliquer une chose, Lacey.

Shane la regarde avec une expression de pitié.

– Quoi ?

– Tu es la plus à plaindre, dans cette affaire. En fait, c'est toi, la victime.

– Pardon ?!

– Tu as toujours été une véritable amie pour Eliza, pourtant, ça ne l'a pas empêchée de te poignarder dans le dos, tout comme elle l'a fait pour moi. (Il me regarde et remue la tête d'un air dégoûté.) Tu es vraiment bonne comédienne, n'est-ce pas, Eliza ? Espèce de traînée !

– Ça suffit ! (Henry l'attrape par l'épaule.) Va-t'en !

– Ouais, je m'en vais. (Shane repousse la main d'Henry de son épaule et se tourne vers Lacey.) On dirait que tu en as trouvé un bon, Lacey. Un riche, attentionné. (Il ricane.) Tu ferais mieux de surveiller tes arrières. Méfie-toi qu'Eliza n'essaie pas de te le piquer aussi.

À ces mots, je sens mon estomac se nouer. Il se tourne vers moi avec un regard hostile.

– Je suis certain que tu vas poser tes griffes sur lui aussi, hein ? Peut-être que cette fois, le prétendu bébé, ce sera vrai.

Là-dessus, il fait demi-tour et franchit la porte, jetant son bouquet de fleurs au sol. Le silence emplit la pièce.

– Eh bien, voilà qui est intéressant, dit Henry en refermant la porte. Tout va bien, Elizabeth ?

– Oui, ça va.

Je sens les larmes monter tandis que je hoche la tête, mais je décide de ne pas pleurer. Je regarde Lacey qui a l'air perdue, et qui me fait un sourire réconfortant.

– Tu veux qu'on parle ? (Elle s'approche et me prend dans ses bras.) C'est vraiment un cinglé, plein d'amertume, hein ?

Elle me caresse le dos, et ma gorge se serre. Elle n'a aucune idée de ce qui se passe ou de ce qui s'est passé. J'en suis malade. Pourtant, je sais que ce n'est pas le moment de se lancer dans une longue conversation, alors je fais non de la tête.

– Pas maintenant. Je vais me coucher. Tu devrais aller faire la promenade avec Henry.

– Euh. (Elle fait une grimace, je lui fais un clin d'œil.)

– Vas-y, amuse-toi.

– Tu es sûre que ça va aller ? (Elle a l'air inquiet.)

– Oui, je t'assure. Il faut que je parle à Scott. J'ai des trucs à lui expliquer. (Je soupire.) Il doit me prendre pour une folle.

– Je suis là, et je ne crois pas du tout que tu sois folle, dit Scott en s'approchant derrière moi. (Je sens sa main dans mon dos.) Et oui, j'aimerais qu'on discute maintenant, si tu veux bien.

– Oui, pas de problème. (Je ris nerveusement et me retourne vers lui.) Il faut que je te raconte certaines choses, de vieilles histoires. (Puis je m'adresse à Lacey.) Ça va aller, je t'assure.

– D’accord. (Elle sourit.) Je t’adore.

– Moi aussi. Tu es la meilleure amie qu’on puisse imaginer.

– Toi aussi !

Elle me serre très fort dans ses bras, et les premières larmes se mettent à couler. Je pleure parce que je sais, à cet instant, que seule l’une de nous dit la vérité. Elle est la meilleure amie que j’aurais jamais, et moi, je sais très bien qu’elle mérite bien mieux que moi comme amie.

7.

Scott

Je ferme la porte de la chambre tandis qu'Elizabeth se dirige vers le lit pour s'asseoir. Elle pleure. Je reste là un moment, ne sachant que dire ni que faire. Je suis encore désemparé et fâché par l'arrivée de Shane. Je me suis presque cru dans une série télé à la noix, je n'ai pas compris ce qui se passait.

– Ça ne va pas ?

Je m'approche du lit pour m'installer près d'elle, craignant qu'elle ne veuille plus rien dire. Je me demande combien de temps encore je vais pouvoir supporter ce cirque sans obtenir aucune réponse de sa part.

– Je suis complètement dépassée. (Elle secoue la tête, je la regarde jouer avec ses cheveux avant de sécher ses larmes.) Tu dois penser que j'ai une vie sacrément compliquée.

– Non. (Je ne veux pas lui avouer que c'est exactement ce que je pense.) Enfin, un peu, mais ne t'inquiète pas. Tu as rencontré des membres de ma famille. Ta vie n'est pas plus dingue que celle de n'importe quel Taylor. On vit tous des trucs de fous. Bon, tu as travaillé pour Aiden, donc tu vois ce que je veux dire.

– Mmm. (Elle me fait un pâle sourire.) Merci d'essayer de me réconforter. (Elle me prend la main et la serre.) Je devrais peut-être commencer par le commencement.

– Si tu veux. (Je dénoue ma cravate.) Ça ne te dérange pas si je me mets à l'aise ?

– Pas du tout. Au contraire. Je vais me mettre en pyjama moi aussi.

– Ce n'est pas nécessaire. (Je lui fais un clin d'œil avant de me figer.) Je ne dis pas ça parce que je veux te voir à poil. Je ne m'intéresse pas qu'à ton physique, j'ajoute de façon maladroite en espérant qu'elle ne va pas mal le prendre encore une fois.

– Je sais, crois-moi, Scott. Je sais. Excuse-moi. Je n'aurais pas dû réagir comme ça tout à l'heure. Je me suis laissée déborder par toute ces tensions et cette incertitude. Et toi, tu n'y es pour rien, je t'assure.

– Si tu le dis, je réponds, un peu hésitant, avant d'enlever ma chemise.

Elle hoche la tête, et je la regarde ôter son pull puis son T-shirt. Elle fouille dans son sac pour en sortir un short, et je l'observe pendant qu'elle se change, séduit par le moindre de ses gestes. Ensuite, elle revient sur le lit, croise les jambes, me regarde. Elle passe la main sur son front en laissant échapper un profond soupir et se met à tousser un peu.

– Bon, alors, on reprend au début, en fait. (Elle parle d'une voix douce, séduisante.) Je ne voudrais pas donner dans les clichés. Et finalement, c'est quand même ce que je fais.

– Pas du tout, Elizabeth, qu'est-ce que tu racontes ! (Je m'approche d'elle et la soulève du lit pour la prendre dans mes bras.) Je sais qu'on ne se connaît pas encore très bien, je sais que tu as vécu des moments pénibles, mais jamais je n'associerai le mot cliché à toi. Nous avons tous un passé. Certains ont eu des expériences plus douloureuses que d'autres. Je t'assure que je ne te regarderai jamais de haut, tu peux me croire.

Ça me brise le cœur de voir les larmes lui monter aux yeux en m'écoutant. Si seulement je savais trouver les mots pour soulager sa peine. Comment lui faire comprendre qu'elle peut compter sur moi, quoi qu'il arrive ? Même si on ne reste pas ensemble. J'aimerais qu'elle sache à quel point elle compte pour moi. Qu'elle a toujours compté pour moi. Que tout ce qui m'importe, c'est qu'elle soit heureuse. Puisque je suis incapable de trouver les mots, je la prends dans mes bras. Pour la serrer aussi fort que je peux, dans l'espoir qu'elle ressente les vibrations en direct.

– Scott, tu es parfait. (Elle plonge ses yeux dans les miens.) Tu sais exactement quoi faire pour que je me sente mieux.

– Je suis loin d'être parfait, je veux seulement que tu ailles mieux, dis-je en relâchant, à contrecœur, mon étreinte pour m'asseoir sur le lit. Ne garde rien pour toi. Dis-moi tout ce que tu as envie de me dire.

– Merci.

Elle s'assoit à côté de moi. Le silence envahit la pièce quelques minutes. Je la regarde jouer avec ses mains, tête penchée en avant. C'est si dur pour elle, ça me fait de la peine. Je dois être patient. Pas question de la bousculer, alors je ne dis rien.

– Ma mère… ma mère… elle a eu une enfance affreuse. (Sa voix s'éteint.) Elle a été maltraitée. Elle ne l'a jamais dit à personne. Elle a mis ça de côté pour essayer de vivre sa vie. Et elle a rencontré mon père. (Elle s'interrompt et déglutit.) Elle est tombée amoureuse de lui au premier regard. (Elle cligne des yeux plusieurs fois.) Il était élégant, plein de charme… ma mère n'avait aucune chance. Ils ont couché ensemble tout de suite. Elle s'est retrouvée enceinte de moi dès cette première nuit. Mon père… il n'en avait rien à faire. C'était une histoire de fesses, rien d'autre… et puis, il a sans doute voulu être un type correct. Alors, il a essayé d'être présent.

– Il l'a épousée, du coup ?

– Non. (Elle soupire et me lance un regard si triste…) Il ne l'a pas épousée. Je raconte ça aux gens parce que j'ai honte, j'en ai vraiment honte. Mais c'est un bobard. Ils n'ont jamais été mariés. Il a vécu un temps avec elle. Pas longtemps, et pourtant, elle a tout fait pour que ça marche. Elle aurait aimé se marier avec lui. Elle voulait qu'il l'aime. Elle a même abandonné la drogue pour lui. Elle a essayé de remettre sa vie en ordre, et tout ça n'a servi à rien. Il ne l'a jamais aimée. Pour finir, il l'a abandonnée.

– Tu avais quel âge quand il est parti ?, je demande, plein d'empathie pour sa mère et elle.

– Je ne me souviens même pas de lui. Je n'ai aucun souvenir de sa présence. J'aurais été incapable de dire à quoi il ressemble s'il n'y avait pas eu des photos. (Elle hausse les épaules.)

– Ah bon…

– Oui. (Ses lèvres tremblent.) Je m'en fichais quand j'étais plus jeune. En tous cas, c'est ce que je prétendais. J'étais jeune, quoi. Il n'était jamais là, et ce que vous n'avez jamais eu ne peut pas vous manquer.

– Tu sais, toutes les petites filles méritent d'avoir un père qui les aime et les protège. Chacun doit bénéficier de l'amour inconditionnel de ses parents.

– Oui, murmure Elizabeth. C'était dur. C'est encore difficile pour moi d'en parler. Je me sens tellement isolée. J'ai beaucoup de mal à communiquer avec quelqu'un.

Elle lève les yeux vers moi, et je peux y lire la douleur et la crainte. On dirait une enfant, et j'ai brusquement envie de la serrer contre moi en lui disant que tout va bien se passer. Elle semble désespérée, et ça m'effraie. Je n'ai encore jamais vu quelqu'un avoir l'air aussi triste.

– Quand j'étais petite, j'entendais ma mère pleurer tous les soirs dans sa chambre, avec une bouteille près de son lit et un joint à la main. Je m'asseyais derrière la porte pour écouter et jeter un œil de temps en temps. Je restais là, immobile, sans savoir quoi faire. J'avais envie d'entrer pour la serrer dans mes bras, lui dire que tout irait bien. Mais impossible de bouger. J'avais six ans. Je restais assise comme ça jusqu'à ce que j'entende la bouteille rouler au sol, signe qu'elle s'était endormie. J'entrais, puis m'approchais pour vérifier qu'elle respirait toujours, avant de ressortir sans bruit pour aller me coucher. Une fois au lit, j'attrapais mon ours en peluche pour le serrer très fort, et je m'endormais en pleurant.

Elizabeth s'interrompt et me regarde. Je suppose qu'elle veut voir comment je réagis à son histoire. Je ressens une grande empathie pour elle, bien sûr. La douleur est palpable et je l'imagine assise, petite fille perdue, déchirée, qui aurait tant aimé consoler sa mère sans savoir comment s'y prendre.

– Tout ça a dû être tellement dur pour toi…

À peine prononcés, ces mots me semblent creux et vains.

– Oh oui. Elle aimait tellement mon père. Elle n'a jamais pu accepter l'idée qu'il ne l'aime pas. Son départ l'a anéantie. Elle s'est sentie responsable. Puis elle me l'a reproché. Elle avait pensé que je serais un moyen de le garder, parce qu'il voudrait voir sa fille. Eh bien, pas du tout. Il n'a jamais demandé à me voir. Il ne m'a jamais aimée, ne s'est jamais occupé de moi. Et elle me le répétait. Chaque fois qu'elle allait mal et qu'elle avait bu, elle me hurlait dessus, me disait que j'étais moche, trop grosse. Elle me traitait d'idiote, de bonne à rien. Moi, je n'étais qu'une enfant. Je ne comprenais pas que c'était l'alcool. Je ne savais pas qu'elle avait une maladie mentale. Alors j'encaissais tout ça, encore et encore, jusqu'à ce que ça déborde et que je sois au bord de l'explosion.

Sa voix se brise, et les larmes inondent son visage. J'attrape sa main et la serre en la laissant pleurer. Ça me tue de la voir comme ça, et en même temps, c'est mieux pour elle d'évacuer tout ce chagrin. C'est nécessaire pour espérer aller mieux.

– J'ai fini par douter de moi, poursuit-elle. J'ai commencé à me sentir comme vide. C'était une stratégie de survie. J'avais du mal à nouer des amitiés durables. Je n'étais pas très sociable. Et je n'ai jamais eu de petit ami. Jamais été proche de quiconque. Dans ce genre de circonstances, certaines filles se déchaînent. Moi, au contraire, je me suis renfermée. Ce n'est pas que je ne voulais pas d'amies ou de petit copain, non, mais j'avais trop peur qu'on me repousse. Peur de ne pas être à la hauteur. Et puis, j'ai rencontré Lacey. Ça a tout changé pour moi. Elle m'a accueillie dans sa vie, dans sa famille, elle m'a acceptée comme j'étais, sans conditions. Sans jamais me donner l'impression que j'avais un truc qui n'allait pas. Elle m'a sauvée, comme un véritable ange gardien. (Ses yeux sont pleins de larmes, et elle laisse échapper un léger cri.)

– Elizabeth ? Ça ne va pas ?

– Je ne sais pas si ça ira un jour. (Elle secoue la tête et se détourne de moi.) J'ai rencontré Lacey, elle m'a redonné confiance en moi, alors j'ai commencé à croire que je pourrais avoir une vie normale. Du coup, j'ai même réussi à rêver, oui, je pouvais rêver et espérer ne pas rester seule à jamais, qu'il était possible de m'aimer. Ma vie pouvait devenir différente de ce que j'avais connu jusque-là.

– Bien sûr que oui. Aucune vie ne devrait ressembler à ça.

– J'ai toujours recherché l'amour. (Elle me regarde dans les yeux avec une expression pleine de mélancolie.) J'ai toujours rêvé d'un grand amour. Quelqu'un qui m'aimerait moi, tout entière, pour tout ce que je suis. Quelqu'un qui me verrait réellement, complètement. Qui connaîtrait mes défauts. Qui comprendrait. Qui saurait. Qui éprouverait ce que j'éprouve. On serait sur la même longueur d'ondes. Liés de façon indéfectible. Comme des âmes sœurs. Un amour extraordinaire. (Elle sourit.) Je te l'ai dit, je rêve.

– Pas mal du tout, comme rêve. (J'allais ajouter que moi aussi, j'avais toujours voulu rencontrer ce genre d'amour, mais comme elle n'a pas fini son histoire, je préfère me taire pour la laisser parler…)

– Et puis, j'ai rencontré Shane. (Elle baisse la voix, le regard dans le vague.) Il a surgi dans ma vie comme un soleil chassant la nuit. Il était beau gosse. Gentil. Aimant. Dès le début.

À ces mots, je ressens un pincement au cœur, la jalousie m'envahit. Cependant, je ne dis rien. Je n'ai pas envie d'entendre parler de Shane et de son amour pour lui, mais je réalise que c'est une réaction égoïste de ma part. Il faut que je la laisse poursuivre son récit et que j'oublie mes propres doutes pour me comporter comme un ami, simplement.

– J'ai cru que Shane était l'homme de ma vie. J'ai pensé avoir trouvé la solution pour faire disparaître toute la souffrance éprouvée jusque-là. J'ai cru que c'était l'amour, le vrai. Je le sentais de tout mon cœur et de toute mon âme. J'avais rencontré celui qui allait effacer tout ce chagrin. Et ça a marché, pendant un temps. Au début, tout allait bien. Je me suis confiée à lui, je lui ai raconté mon passé, mes chagrins, mon père. À quel point j'aurais voulu connaître mon père. Il m'a écoutée, nuit après nuit. Il m'a accompagnée quand j'ai tenté de rencontrer mon père. Il était gentil avec moi au départ, un petit ami attentionné. Après, les choses ont commencé à se gâter. Il a cessé de m'appeler. Presque plus de SMS non plus. Je ne le voyais plus. Soudain, il est réapparu au bout de quelques semaines, comme si de rien n'était. Et je lui ai pardonné parce que j'avais bien trop besoin de lui. Un jour, il est parti pour de bon. Il m'a trompée. Il m'a dit qu'il n'avait plus envie de moi. Qu'il ne m'aimait pas. Qu'il en avait marre de mes problèmes. Il a failli me tuer. (Elle s'interrompt et me regarde dans les yeux.) Enfin, pas concrètement. Ce que je veux dire, c'est que j'ai cru mourir. J'ai commencé à avoir des pulsions suicidaires. Je l'appelais pour le supplier de me donner une deuxième chance. Je l'implorais de rester présent dans ma vie. De devenir mon meilleur ami. De m'expliquer. De m'aimer comme je l'aimais. Il n'en avait rien à faire. Il est parti sans se retourner. Comme s'il s'en foutait. C'est ce qui m'a fait le plus mal. Il est parti sans même un regard. Rien à foutre. Je me suis sentie perdue, seule, je voulais mourir. Je voulais juste mourir.

Sa voix se brise, et je sens à nouveau ce pincement au cœur et la jalousie qui monte, me submerge presque. Elle parle de Shane. Elle parle de Shane, et ça me tue. Je ne veux pas savoir à quel point elle l'a aimé de tout son être. Je ne veux pas entendre qu'il était tout pour elle. Je ne veux rien entendre sur lui. C'est un connard. Un abruti. Je veux dire à Elizabeth que je ne l'aurais jamais traitée comme ça. Moi, je ne l'aurais jamais quittée. Jamais je ne lui aurais fait une chose pareille.

– Alors, j'ai inventé toute une histoire.

– Comment ça ?

– J'ai prétendu être enceinte. (Elle fait un bruit bizarre et ferme les yeux.) Je lui ai dit que j'attendais un enfant et que j'avais besoin qu'il soit là pour moi et pour le bébé. Qu'il ne pouvait pas faire comme mon père. Il devait être présent dans la vie de son enfant.

– Ah, oui...

Je la fixe sans savoir quoi lui dire. Son mensonge me laisse sans voix...

– Et puis, il a découvert que tout était faux. Et bien sûr, ça l'a rendu dingue. J'ai eu tellement honte de moi. Je sais bien que c'est atroce. J'ai fait quelque chose d'horrible... je voulais tellement qu'il revienne. J'ai essayé de m'excuser. Je suis allée chez lui. Et là, je l'ai trouvé au lit avec ma colocataire. (Elle soupire encore.) J'ai perdu la tête.

– Oh !

Je la dévisage quelques secondes lorsque j'entends soudain quelqu'un frapper doucement à la porte. Lacey entre dans la chambre sans qu'Elizabeth ne s'en rende compte, complètement absorbée par son histoire.

– Et alors, j'ai fait un truc encore pire. (Les mots se pressent hors de sa bouche.) Je suis allée dans un bar. Je me suis soûlée, comme jamais auparavant de toute ma vie. (Elle commence à sangloter en parlant, et je vois Lacey avancer vers nous, l'air très préoccupé.) Et Steven, le petit ami de Lacey à l'époque, était aussi dans ce bar. Il a proposé de me ramener chez moi.

Les mots surgissent de ses lèvres de façon désordonnée, et je m'immobilise en voyant Lacey se figer au milieu de la pièce pour écouter. Je voudrais interrompre Elizabeth, mais je ne sais pas comment faire.

– On est monté dans sa voiture. (Elle s'étrangle presque en le disant parce qu'elle se remet à pleurer.) Et on a fait l'amour. Sur le siège arrière. Et aussitôt que j'ai réalisé ce que j'avais fait, je me suis mise à crier tout en me précipitant hors de la voiture. (Elle est secouée de sanglots.) Je n'arrivais pas à croire que j'avais fait une chose pareille. Je n'y arrivais pas.

– Tu as couché avec Steven ? (Lacey a presque hurlé, plantée au milieu de la pièce.) Tu as couché avec Steven ?

– Lacey ? Lacey ! (Elizabeth saute aussitôt du lit pour se précipiter vers son amie.) Mon Dieu, Lacey, je ne sais pas quoi te dire.

– Tu as couché avec Steven ? Tu as couché avec Steven ?

Des larmes commencent à couler sur le visage blême de Lacey.

– S'il te plaît, Lacey, tu ne comprends pas. Je regrette tellement. (Elizabeth attrape son amie par le bras.) Je t'en prie, Lacey, laisse-moi t'expliquer.

– Pas maintenant. Je ne peux pas.

Elle fait demi-tour et quitte la pièce en courant. Elizabeth s'apprête à la suivre, alors je saute du lit pour la retenir.

– Non. Laisse-la.

– Je ne peux pas la laisser partir comme ça, s'écrie-t-elle, le regard affolé. J'ai trahi ma meilleure amie. Je dois lui parler. Lui expliquer. Il faut qu'elle sache pourquoi, qu'elle sache comment c'est arrivé.

– Pas maintenant. (Je me dirige vers elle pour la serrer dans mes bras.) Elle ne veut pas t'entendre pour le moment. Ça risque d'envenimer les choses. Laisse-lui le temps de digérer l'information.

– Et si elle ne me pardonne pas ? Et si elle ne veut plus jamais m'adresser la parole ? Je suis un monstre. Mon Dieu, qu'est-ce que j'ai fait ?

– Elizabeth. (Je prends sa tête entre mes mains et plante mes yeux dans les siens.) Ça va aller. Tu n'es pas un monstre, je t'assure. Tu as fait de mauvais choix. Ce sont des choses qui arrivent. Nous faisons tous des erreurs. Lacey sait que tu l'aimes. Elle sait tout ce que tu as traversé. Elle comprendra.

– Je ne suis pas sûre qu'elle réussisse à me pardonner. Je ne sais pas si je pourrai me pardonner moi-même, dit-elle en secouant la tête.

– Oh, Elizabeth. (Je l'embrasse sur la joue.) Je suis désolé. Je ne sais pas quoi te dire.

Je n'ai pas envie de lui mentir en disant que tout se passera bien entre Lacey et elle parce que, en réalité, je n'en sais rien. Après tout, Elizabeth a trahi sa meilleure amie. Et même si elle avait ses raisons, je pourrais comprendre que Lacey ne lui pardonne jamais. Il y a des limites à ne pas franchir, et bien sûr, coucher avec le copain de sa meilleure amie, c'est hors limites.

– Tu me détestes, hein ? (Ses yeux sont rouges, son menton tremble.) Je comprendrais tout à fait que tu ne veuilles plus me parler. Je ne peux pas te reprocher de me juger sévèrement…

Elle se tait, et je ressens sa peine.

– Elizabeth, arrête, je t'en prie. Tu n'es pas un monstre. Tu n'as pas eu une vie facile. Ta vie affective en a souffert. Mais nous avons tous des problèmes. Tu es juste un être humain.

– Si seulement je n'avais pas agi ainsi. Si je pouvais revenir en arrière et tout effacer.

– Je le sais bien. (Je la prends dans mes bras et la serre contre moi.) Je sais que tu voudrais modifier ce passé. Tout le monde aimerait le faire. Calme-toi, tu verras, ça va aller. Tu n'as pas fait ça délibérément, tu n'es pas méchante. Tout va bien se passer, j'en suis certain.

– Je n'arrive pas à croire que je lui ai fait une chose pareille. Et dire que je me demande pourquoi personne ne m'aime !

– Moi, je t'aime.

Je lui parle tout bas, sans savoir si j'ai bien choisi le moment pour lui révéler mes sentiments à son égard, mais je ne veux plus me taire.

– Je t'aime, Elizabeth Jeffries, et jamais je ne te quitterai. Je suis là pour toi. Tu peux pleurer tant que tu veux. Je ne te jugerai pas.

– Tu m'aimes ?

Elle me regarde, sidérée, les yeux écarquillés, et je hoche la tête. Je sais que je l'aime vraiment, profondément. Je sais que c'est elle. Elle est tout pour moi.

– Je suis amoureux de toi, Eliza. J'aime tout en toi. Ma première pensée est pour toi quand je me réveille le matin. La dernière aussi, avant de m'endormir. Ton sourire habite mes rêves. Tes yeux m'éclairent dans le noir. Imaginer ta peau sur ma peau m'excite quand je suis seul. Mes journées sont remplies de l'attente de ta présence, et mes nuits du désir de toi. Quand tu es près de moi, je suis le roi du monde. Quand tu es loin, je me sens seul, quel que soit le nombre de gens qui m'entourent. Mon âme est inhabitée. Je t'appelle juste pour entendre le son de ta voix, car il me rend heureux. Ça me donne envie de voler. Pourtant, je ne vais pas te mentir, tu m'as fait mal, Eliza. Vraiment très mal. J'ai douté de moi, de mes sentiments. De mon amour. Et puis, j'ai compris que tu me repoussais parce que tu étais perdue, blessée. Et non parce que tu ne m'aimais pas. Tu vois, quoi que tu dises, peu importe combien de fois tu me demandes de partir ou tu me dis que tu n'es pas sûre de m'aimer, je connais la vérité. Je sais que c'est faux. Je sais que tu m'aimes. Je le vois dans tes yeux. Je l'entends dans ta voix. Tu m'aimes autant que je t'aime. Tu m'aimes, et tu as peur. Tu as peur que ça s'arrête. Que je cesse de t'aimer. Tu as peur que je t'abandonne, comme tous les autres l'ont fait. Seulement moi, je ne suis pas ton père. Ni Shane. Je ne te quitterai pas. Jamais je ne cesserai de t'aimer. Je ne vais pas te trahir. Il n'y a rien que tu puisses faire qui m'empêchera de t'aimer.

Je t'aimerai encore quand tu seras vieille, avec les cheveux blancs. Je t'aimerai jusqu'à ton dernier soupir. Je t'aimerai encore quand on sera tous les deux morts et enterrés. Je t'aimerai toujours quand on sera des esprits flottant dans l'éther. Je vais passer l'éternité à t'aimer. Mon cœur bat pour toi. Tu es mon oxygène. Tu peux me croire. Je serai toujours à tes côtés, contre vents et marées. Je serai là quoi qu'il arrive dans ta vie. Toujours. Fais-moi confiance.

Je dépose doucement un baiser sur ses lèvres, et elle me fait un grand, un merveilleux sourire.

– Je ne te mérite pas, dit-elle en soupirant. Je ne suis pas digne d'un amour aussi profond que le tien, et c'est vrai, tu as raison. Je t'aime. Il y a déjà un bout de temps que je t'aime. J'avais peur. Peur et honte de mon passé et de ce que j'ai fait. J'ai toujours honte. Et je crains encore que tu ne cesses de m'aimer, toi aussi. Pourtant, je te fais confiance, je crois en nous. Je crois que ce qu'il y a entre nous peut – va – durer toujours. (Elle me lance un regard craintif.) Ce n'est pas trop effrayant pour toi ?

– Pas du tout, au contraire.

Je ris en voyant l'expression de joie sur son visage. J'ai du mal à croire que nous vivons, enfin, ce moment. Elle m'a tout raconté, en me faisant une confiance totale.

– Tu veux toujours de moi comme assistante ? demande-t-elle avec un petit sourire.

Il reste un peu de tristesse dans ses yeux, c'est inévitable.

– Plus que jamais. Sinon, comment je vais faire pour te séduire ?

– Scott… (Elle lève les yeux au ciel.)

Je m'empresse de préciser que je plaisante. Alors elle secoue la tête, puis s'approche pour m'embrasser.

– Non, je sais que non, et ça me va. (Elle plisse les yeux, m'embrasse à nouveau.) Tu peux me séduire tant que tu veux, Scott Taylor. En fait, je suis même impatiente…

8.

Elizabeth

Deux semaines plus tard

– Tu te rends compte que Lacey ne veut toujours pas me parler ?

Je sens les larmes monter tandis que je tourne les yeux vers Scott. Il est tellement classe dans son costume, et paraît si puissant assis à son bureau. Je me demande si je ne devrais pas remonter un peu ma jupe, histoire qu'il me prenne dessus encore une fois, un petit coup, vite fait.

– Tu dois être patiente, Eliza. (Il me décoche un de ces sourires réconfortants qui me font carrément fondre.) Ce genre de choses prend du temps.

– Bien sûr, mais je ne sais même pas ce qu'elle fait ni où elle est. Je me fais du souci pour elle.

– Cesse de t'inquiéter. Je te l'ai dit : il paraît qu'elle accompagne Henry en voyage d'affaires, ou un truc de ce genre.

– C'est bien ce qui m'inquiète. Je savais que c'était une erreur d'aller chez lui ce fameux week-end. Qu'on ne peut pas lui faire confiance.

– Attends, ne sois pas injuste, Eliza, on n'en sait pas assez pour l'instant.

– Elle n'est même pas passée prendre des affaires. Est-ce qu'elle a de quoi s'habiller au moins ?

– Peut-être pas, plaisante Scott. Mais quand il croise mon regard, il lève vite les mains en disant : Je plaisante, je plaisante, je suis sûr qu'elle s'est acheté des fringues.

– Ou plutôt, IL lui a acheté des fringues, tu veux dire. Elle n'a pas d'argent pour s'offrir des vêtements. J'espère qu'il n'a pas l'intention de jouer les papas gâteaux avec elle.

– Franchement, je ne crois pas, répond Scott en m'attrapant par la taille pour m'asseoir sur ses genoux. Lacey ne me semble pas le genre de fille à accepter ce genre de choses.

– D'accord, mais elle a peut-être été tellement secouée à cause de moi qu'elle ne sait plus trop ce qu'elle fait ? (Je m'étrangle en sentant la main de Scott parcourir ma cuisse sous ma jupe.) Scott !

– Quoi ? (Il rit.) Je t'ai vue remonter ta jupe. Je sais ce que ça veut dire.

– Comment ça ?

Je fais l'innocente.

– Tu sais très bien.

Il me relève de ses genoux, se met debout à son tour, puis me pousse en avant sur le bureau avant de soulever ma jupe. Je l'entends ouvrir sa braguette, puis ses doigts s'insinuent dans ma culotte, par le côté. Je sens la chaleur de son corps qui me pousse dans le dos, et je me mets à gémir quand il me pénètre en poussant avec force.

– Scott…

Je frémis tandis que son sexe va et vient en moi, me remplit entièrement.

– Oui, trésor ?

– Ne t'arrête pas. (Je geins, en me disant que je suis chanceuse d'avoir un boulot qui offre des bonus pareils.) Oh, bon sang, pourquoi c'est tellement bon ?, je balbutie, au bord de l'orgasme.

– C'est parce qu'on s'aime, dit-il suavement, et à ces mots, une vague de chaleur m'envahit. Je m'accroche au bureau, il continue son va-et-vient, au bord de l'orgasme lui aussi. Nous jouissons ensemble en quelques minutes et, lorsqu'il se retire, je me retourne vers lui avec un petit sourire.

– Excellente pause thé. Merci, monsieur.

– De rien, ma chère. Tu as rappelé ton père ?, m'interroge-t-il soudain d'une voix hésitante, et mon cœur se fige.

– Non. Je n'ai rien à lui dire.

– Tu devrais peut-être écouter ce que lui veut te dire, observe-t-il gentiment. Cela pourrait t'aider.

– Ça m'étonnerait.

– Il peut t'apporter des réponses, non ? (Il prend mes mains.) Et s'il voulait te demander pardon ?

– Je ne sais pas si je peux lui pardonner, dis-je avant de m'interrompre. Il faut que je l'appelle. Je ne peux pas espérer que Lacey me pardonne et me parle à nouveau si je ne suis pas prête à faire de même avec mon père.

– Ce n'est pas ce que je voulais dire, Eliza, relève Scott, l'air inquiet, alors je lui caresse doucement les lèvres.

– Je sais bien, et pourtant, c'est la vérité. Mon père et moi, nous avons fait du mal aux autres. Et puis, tu sais, si ça se trouve, il n'a rien d'intéressant à dire, qu'est-ce que j'en sais ? Je lui dois bien ça, et je me le dois aussi. Je l'appelle tout de suite.

J'attrape le téléphone sur le bureau en lançant à Scott un regard décidé.

– Tu es sûre ? (Scott a l'air nerveux.) Maintenant ?

– Oui, maintenant. Ici, avec toi. Savoir que tu me soutiens me rend plus forte. J'ai l'impression que je peux tout tenter.

– Tu sais que je serai toujours là pour toi, m'assure-t-il, sincère. Seulement, je ne peux pas faire grand-chose pour t'éviter la douleur que ton père pourrait déclencher. Tu peux compter sur moi, tu sais que je t'aime, mais je ne n'ai pas le pouvoir de faire disparaître tes angoisses ni tes chagrins.

– Je le sais. Je m'en rends compte maintenant, personne ne peut faire ça. Sauf moi. Je ne peux pas, je ne veux plus me contenter d'espérer que quelqu'un vienne me sauver. Ce n'est ni juste ni réaliste. Et d'ailleurs, ce qui se passe entre nous est tellement mieux. C'est beaucoup plus sain. On est là l'un pour l'autre, et on sait qu'on peut se voir tel qu'on est. On va faire des gaffes ? Tant pis. C'est pour de vrai. C'est une relation authentique. Une relation amoureuse, sexy, enthousiasmante. Je n'ai aucune envie de changer quoi que ce soit.

– J'adore que tu dises ça. J'aime que tu mûrisses. Que tu me fasses confiance. J'aime la personne que tu es, Eliza. Tu es tout pour moi. Ne l'oublie jamais.

– Promis. Bon, j'appelle mon père. Qu'est-ce qu'il va dire ?

Je décroche et compose le numéro mémorisé il y a des années. J'attends qu'il réponde.

– Allo ?

Sa voix est hésitante, et je suis prise de court.

– Allo ? répète-t-il.

– C'est Elizabeth, je réponds, au lieu de raccrocher comme d'habitude.

– Elizabeth, comme je suis content de t'entendre. J'espérais que tu allais me contacter. J'aimerais te parler. Je peux t'inviter à dîner ?

– Je préfère qu'on discute au téléphone, pour l'instant, si tu veux bien.

Même si je vais mieux, je sais que je ne suis pas encore assez solide, sur le plan émotionnel, pour me retrouver face à lui tout de suite.

– Oui, bien sûr, alors une autre fois, dit-il rapidement. Je suis vraiment content que tu m'appelles.

– Alors, que voulais-tu me dire ? (J'ai parlé sur un ton plus dur que je ne voulais, c'était plus fort que moi. Je lève les yeux vers Scott, qui me montre le fauteuil en me faisant signe de m'asseoir, ce que je fais.) Désolée, je ne voulais pas te brusquer.

– Pas de problème, dit mon père d'une voix plutôt émue. J'apprécie que tu m'aies appelé.

– Tant mieux.

Je me tais.

– Je ne sais pas trop comment formuler ça, reprend mon père après quelques instants. Alors, je vais te l'annoncer simplement. J'ai un cancer du pancréas. Je ne sais pas combien de temps il me reste à vivre. J'ai essayé de te joindre parce que je veux que tu hérites de mes biens. Ce n'est pas grand-chose, quelques centaines de milliers de dollars, mais c'est pour toi. Je voulais que tu saches à quel point je suis désolé de ne pas avoir été présent. Je n'ai aucune excuse ni bonne raison, juste mon égoïsme. J'en suis conscient. Je le regrette. Vraiment. J'en suis désolé. Il fallait que je te le dise, que tu saches combien je m'en veux de t'avoir abandonnée. De ne pas t'avoir fait de place dans ma vie. Tu es belle, ma fille. Si seulement j'avais pu nouer avec toi une vraie relation.

– Tu es condamné ? (Je n'arrive pas à intégrer ce qu'il vient de me dire.)

– Oui, répond-il simplement. J'ai pris contact avec Shane parce que je voulais te parler sans passer par ta mère.

– Attends, c'est toi qui as contacté Shane ? Pas l'inverse ?

Je suis larguée. Shane m'a pourtant affirmé que c'est lui qui a pris l'initiative d'aller chercher mon père, histoire de me prouver combien lui m'aime !

– Non, enfin, il y a plusieurs années, vous étiez à la fac. Un jour, il m'a appelé pour m'expliquer qu'il était ton petit ami et que je t'avais vraiment foutue en l'air. Que je te devais des excuses. (Il soupire.) J'ai raccroché violemment, mais j'ai gardé son numéro. Je ne sais pas trop pourquoi. Maintenant, je sais.

– Il t'a appelé quand on était étudiant ?

Je sens mon cœur fondre un peu pour Shane. Il m'a donc aimée, finalement, avant que tout ne se dégrade. Tout n'a donc pas été que mensonges.

– Oui, mais c'est moi qui l'ai appelé dernièrement. Je lui ai dit que j'avais besoin de te joindre, que j'étais condamné et que je voulais te léguer mes biens.

– Ah bon. Il ne m'a jamais dit que tu étais mourant.

– C'est une ordure. (Mon père soupire.) Il a essayé de me soutirer de l'argent, me disant que vous étiez toujours ensemble, que tu ne voulais rien avoir à faire avec moi. J'ai insisté pour te voir et te parler. J'ai affirmé que je ne donnerais rien avant de t'avoir vue. C'est là qu'il m'a proposé de me conduire à toi.

– Ah oui…

– J'ai découvert ensuite qu'il a un problème avec le jeu. (Il soupire à nouveau.) Il a besoin d'argent pour payer ses dettes.

– Voilà donc pourquoi il est revenu dans ma vie… (Tous les morceaux du puzzle se mettent en place.) Il a prétendu qu'il m'aimait toujours et qu'il voulait m'épouser.

– Je suis désolé, Elizabeth. Je ne voulais pas te faire encore plus de peine.

– Non, ce n'est pas de ta faute, papa.

En prononçant ces mots, je sais que c'est vrai. Je ne lui reproche pas d'avoir fait resurgir Shane dans mon existence. Ni ce qui s'est passé ensuite et qui a conduit à la rupture avec Lacey. En fait, tout est pour le mieux. Je suis contente que les choses soient finalement plus claires, même si, du coup, ça risque de me compliquer un peu la vie dans l'immédiat.

– Si, c'est de ma faute. Je crois que j'ai gâché ta vie. (Il semble au bord des larmes.) J'ai été un tel égoïste… et je ne sais même pas ce que je pourrais dire ou faire. Est-ce qu'un jour, je réussirai à créer un lien avec toi ?

– Oh, papa ! (Je sens mon cœur se serrer face à cette situation compliquée où nous nous retrouvons, lui et moi.) Si tu savais comme je suis désolée…

– Je ne peux pas te demander de me pardonner, j'espère juste qu'un jour, peut-être, tu parviendras à comprendre que je ne suis qu'un homme qui s'est bien trompé. Et je vais le regretter jusqu'à la fin de mes jours. Je te demande pardon, Elizabeth.

– Ça va aller, papa. (Je sais bien que, pour le moment ce n'est pas vrai, mais un jour, oui, ça ira.) Et si on essayait de manger ensemble ce week-end ? Toi et moi, avec mon petit copain, Scott ? Qu'en penses-tu ?

Je lance un regard vers Scott, qui observe mon visage, l'air préoccupé. Il est inquiet pour moi. Je me sens soudain déborder d'amour pour ce beau garçon face à moi. Il m'aime. Il m'aime pour de bon, je sais que je n'en douterai plus jamais.

– Ce serait parfait, répond mon père. Merci, Elizabeth. Merci de m'accorder la chance que je n'ai jamais su te donner.

Nous raccrochons, et en reposant le combiné, je sens Scott s'approcher de moi.

– Tout va bien ?, murmure-t-il à mon oreille, en jouant avec mes cheveux.

– Oui, ça va. Je me sens coupable. Lacey me manque. Je m'inquiète pour elle. Mon père va mourir, et je ne sais même pas ce que ça me fait… ça ira quand même. Parce que tu es là. Tu me donnes de la force. Je sais que je vais tenir le choc tant que tu es à mes côtés.

– Je t'aime, Elizabeth. Et parfois, l'amour suffit. En dépit de tout. Avec un amour comme le nôtre, si profond, on a tout ce qu'il nous faut. Aucun doute.

Découvrez en exclusivité
les premières pages de *My Boss*,
le nouveau roman de Melanie Marchande

Chapitre 1

Je vais lui balancer un cendrier à la figure !
Bon d'accord, je me calme. Mais vraiment...

Mon boss est absolument insupportable ! Je veux dire : avec un grand I ! Il ne s'intéresse qu'à lui, et à la rigueur à sa Lamborghini. C'est le plus grand des enfoirés, des super riches enfoirés ! Je suis sûre que son majordome a lui-même un majordome. Il est suffisamment riche pour acheter des politiciens à la pelle s'il veut. Il croit dur comme fer aux vertus du travail bien fait, un concept que naturellement il ne s'applique que rarement. Ses journées sont une suite de mondanités sans fin, champagne à la main, il papillonne et tout le monde le trouve oh-si-merveilleux avec son sourire oh-si-faux. Tout le monde sauf moi.

Ah oui, est-ce que j'ai précisé qu'il avait l'allure d'un mannequin pour sous-vêtements ? Et voilà ma vie : assise derrière un bureau minuscule, juste à l'entrée du sien, je trie le courrier, gère l'agenda et réponds aux coups de fil de monsieur Adrian Risinger ! Quand j'ai de la chance, il ne me voit pas. Mais la plupart du temps, il me convoque dans son antre au moins quatre à cinq fois par jour, et me pose mille questions indiscrètes jusque sur ma vie personnelle !

Cela m'a pris des années avant de comprendre que je pouvais l'envoyer balader. Et il adore ça. Quand je me mets vraiment en colère, il m'offre un sourire comme si c'était une faveur, un sourire carnassier qui n'a rien à voir avec la façon dont il charme ses associés. Non, moi il me fixe, comme un prédateur devant sa proie. J'en rêve la nuit.

Je déteste ça !

Il y a deux raisons pour lesquelles je ne démissionne pas. La première est économique évidemment. Je ne vais pas cracher dans la soupe. Qui le pourrait ? La seconde, c'est que je culpabilise. C'est mon côté tordu ! Je songe qu'il va avoir un mal fou à me remplacer. Personne ne serait capable de tenir ce poste. Il en a eu des flopées d'assistantes avant moi. Aucune d'entre elles n'a tenu plus de quelques semaines. C'est assez dingue je sais, mais je suis incapable de le laisser patauger dans la semoule. Je dois développer le syndrome de Stockholm, non ?

Ça, c'est pour ma vie professionnelle. Le reste ne vaut guère mieux. Mes parents sont aussi froids et méprisants que mon boss. C'est sûrement ce qui explique mon addiction au personnage. Je devrais peut-être faire une psychanalyse… Mais quel que soit le point de vue adopté, le fait est que je ne trouverai pas d'amour ni de tendresse auprès d'eux. Tous mes amis se sont envolés après le bac, ou bien ont cessé de me rappeler parce que je ne savais que me plaindre amèrement d'une situation dans laquelle je m'étais plus ou moins enfermée toute seule. Parce que non content de pourrir ma vie professionnelle, Adrian Risinger se plaît aussi à ruiner ma vie privée !

Il y avait une chose qui me rendait vraiment heureuse dernièrement. Une chose qu'il ne pourrait pas détruire. Enfin, c'est ce que je croyais bêtement.

Tout a commencé parce que je surfais sur Amazon un soir où j'étais un peu pompette. Je cherchais des ouvrages de *self-help* du style « Comment gérer son quotidien avec un boss impossible » parce que mes problèmes avec M. Risinger pourraient tout à fait se retrouver dans un manuel de survie en milieu professionnel hostile, non ? Oh... soyez indulgents, j'étais désespérée.

Bref, je faisais donc défiler les pages quand soudain ce bouquin m'a sauté aux yeux. Littéralement. Pourtant ce n'était pas du tout ce que je cherchais : la couverture montrait en gros plan un homme en train de glisser ses boutons de manchettes dans la fente de sa manche de chemise. Et pourtant, surtout avec le whisky que j'avais avalé, c'était la vision la plus diablement sexy !

Le titre était : *My boss.*

Alors j'ai cliqué dessus ! Pourquoi pas après tout ?

C'était de la *new romance.* Et je m'en suis vite rendu compte au fur et à mesure que je le feuilletais : pas une de ces histoires cuculs avec des filles qui rêvent de se marier, ni même une classique histoire de tripoteur. Non, non, rien de tout cela. Celui-ci était beaucoup plus excitant et assez...

pornographique ! C'était même le meilleur truc que j'aie lu depuis des lustres ! Sans m'en rendre compte, ma main est descendue le long de ma culotte. Depuis quand je ne m'étais pas caressée ? Quelque chose dans la liaison de cette fille avec son boss multimillionnaire très très sexy était d'un érotisme torride. Je n'en avais lu que cinq pages et je soupirais et frissonnais dans mon fauteuil, le corps entier vibrant dans un plaisir oublié depuis trop longtemps.

Cette nuit-là, j'ai dormi comme un bébé pour la première fois depuis longtemps. Et la nuit suivante, j'ai terminé le livre. Et je me suis caressée encore. Et encore. C'était infiniment bon. Mais j'étais un peu triste d'avoir lu la dernière page.

Alors j'ai découvert que l'auteur, une certaine Natalie McBride, avait écrit toute une série : *My boss : attachée* ; *My boss : nue* ; *My boss : libérée*... Naturellement, je les ai commandés illico... et dévorés dans la semaine, et ça a été la plus belle semaine de toute ma vie !

Si M. Risinger s'est rendu compte de quelque chose, il ne l'a pas montré. De toute façon, c'était une période où il était bien trop occupé pour s'apercevoir que sa secrétaire était tout émoustillée.

Tant mieux car même s'il ne pouvait en connaître la raison, il aurait certainement trouvé une raison de critiquer. Donc tant mieux.

Je bouillais d'impatience à l'idée de lire le prochain tome et je me mis à vérifier tous les jours s'il n'était pas sorti. Bien sûr, j'aurais pu m'abonner à la *newsletter* de l'auteure ou rejoindre son FB mais j'adore entretenir le mystère. Je préfère avoir la surprise. Mon petit plaisir à moi.

Bon j'avoue, cela n'a duré qu'une journée. Parce que je n'y tenais plus ! J'ai rongé tous mes ongles et me suis précipitée sur FB. Une suite est prévue dans un mois ! L'auteur poste des *teasers* suggestifs, et je suis tellement excitée ! J'ai rapidement découvert que je ne suis pas la seule. Nous sommes des millions de fans, lecteurs avides sur les charbons ardents, guettant le prochain Natalie McBride. Je fais partie des *addicts*. C'est comme une drogue. Je me demande comment les autres survivent à cette impatience fiévreuse.

Et enfin, enfin le jour glorieux arrive. J'attends désespérément l'e-mail de confirmation de ma précommande pour télécharger le livre. Mais rien n'arrive. Finalement, épuisée et déprimée, je rafraîchis ma boîte mail une dernière fois avant de me coucher. Et ça y est, il est là !

En râlant, je me jette sur ma tablette et m'enfonce dans mon lit. Juste quelques pages, je me dis, parce que dans sept heures, il faut que je sois au bureau.

Juste quelques pages…

Le soleil est levé quand je termine le livre, les yeux chassieux et fébrile à cause du manque de sommeil. Je me précipite sous une douche brûlante et me convaincs presque que je peux tenir jusqu'au soir mais je sais que la journée va être rude. Oh la la… et ce n'est rien de le dire.

M. Risinger semble être sur le chemin de la guerre, pas contre moi heureusement, mais je sens que je ne vais pas y échapper. Il me hurle dessus, et même dans mon état second, je remarque que lui aussi a de lourds cernes noirs sous les yeux. Je suis sur le point de compatir jusqu'au moment où il me dit d'arrêter de regarder des idioties à la télévision toute la nuit.

Mais quel sale type sexiste ! Je ne lui avouerai certainement pas que j'ai effectivement passé ma nuit à lire un roman érotique. C'est mon problème, pas le sien !

Quand je rentre chez moi, je suis épuisée, impossible de me reposer. Je fais les cent pas dans mon appartement puis saisis ma tablette et cherche les passages qui m'ont enflammée. Mais je la repose car mes yeux se ferment, je n'arrive pas à me focaliser sur le texte. Finalement, je prends mon ordinateur et je commets l'impensable.

J'écris un e-mail à Natalie McBride.

Je me mets à nu. Je lui raconte tout ce que ses livres représentent pour moi, combien ils m'ont offert une échappatoire indispensable à l'enfer qu'est ma vie. Que je culpabilise un peu, car je ne suis pas censée aimer ce genre de livres. Pornographiques je veux dire. Mais il ne faut surtout pas qu'elle se vexe car elle est talentueuse. Et lire un ouvrage érotique, c'est un peu comme sortir avec des copains… Je lui parle aussi de mon boss misogyne, qui serait mort de rire s'il savait à quoi je passe mes nuits… Il n'a rien à voir avec le héros de son histoire, le *bad boy* au grand cœur, dommage.

Je lui dis combien j'aimerais rencontrer un homme comme son héros. Combien je suis seule.

Je lui avoue le peu d'estime que j'ai de moi, à me laisser marcher sur les pieds. Ce n'est pas comme cela que ça devrait se passer. Les femmes sont censées être fortes, modernes et sûres d'elles. Nous ne sommes pas supposées supporter tous les problèmes.

Je lui écris tout cela, et ensuite, pour une obscure raison, je clique sur le bouton « envoi ». Et je m'endors immédiatement dans mon fauteuil.

Le lendemain, je me réveille en retard, enfile des vêtements à la va-vite et saute dans le train qui m'amène juste à l'heure au bureau. Comme je n'ai pas eu le temps de me maquiller, je sais que je vais devoir endurer toutes les railleries de M. Risinger, mais je ne suis pas aussi mortifiée par cette pensée que par le souvenir de ce que j'ai écrit à Natalie McBride pendant la nuit.

J'essaie de ne pas vérifier mes e-mails. Je tiens jusqu'au déjeuner.

– Meghan, chantonne M. Risinger en passant devant mon bureau.

Il s'appuie toujours tout contre moi, dans le genre « rien ne me résiste ». À l'exception de ma mère, il est la seule personne à utiliser mon prénom entier, et qu'est-ce que je déteste ça !

– M. Risinger, dis-je sur le ton le plus neutre possible.

Je sens ses yeux me transpercer et m'apprête à lancer la repartie adéquate…

– Une nuit difficile ?, demande-t-il en faisant glisser ses doigts sur mon bureau, légèrement, juste assez pour rendre sa présence impossible à ignorer. J'ai noté que vous ne chevauchiez pas votre balai de sorcière ce matin, pourtant vous en avez tout à fait l'apparence !

– Oui j'étais justement en concile toute la nuit avec les sorcières du coin, je réponds en tapant comme une malade sur mon agrafeuse. D'ailleurs, on a fait pleuvoir des grenouilles, j'ajoute en couvrant ma bouche dans un geste de chagrin feint. Oh zut, vous ne le saviez pas, vous n'avez pas encore mis le nez dehors pour prendre votre voiture. J'ai gâché la surprise ?

– Des grenouilles, vraiment ? C'est un tour d'amateur. Une sorcière expérimentée comme vous devrait au moins savoir transformer l'eau que je bois en sang frais !

Il prend un petit air narquois, dépose un dossier sur mon bureau et parcourt le texte de ses yeux bleu-gris.

– Oh j'ai bien peur que cela ne soit redondant, comte Dracula, dis-je en me levant. Maintenant, si vous voulez bien m'excuser, c'est la pause déjeuner. Souhaitez-vous que je fasse un crochet par la Croix Rouge ?

Il secoue la tête.

– Désolé Meghan, ça ne vole pas haut, vous ne marquez qu'un demi-point pour cette blague. Essayez d'être plus originale.

Il s'éclaircit la voix, puis s'éloigne en roulant des mécaniques. Je ne remarque absolument pas que sa barbe de trois jours parfaitement travaillée ressemble à celle de Dirk, le héros milliardaire de mes fantasmes !

– Oh, et faites-moi une copie de ce dossier avant de courir vous repaître de la chair des vivants…

– Oh, et vous, vous avez le droit de faire des blagues sur les zombies ? C'est vraiment mieux que ma blague sur les vampires ?, je crie dans son dos.

Mais il ne m'entend pas, il est déjà parti. C'est fou ce qu'il marche vite !

Et sans le vouloir, je vérifie mes e-mails ; pas l'adresse du bureau, non, celle avec laquelle j'ai contacté Natalie. L'adresse secrète avec un pseudo, que même au fond de mon brouillard ensommeillé j'ai eu la présence d'esprit d'utiliser.

Elle a répondu.

Mon cœur bat la chamade, je clique dessus avant de changer d'avis. Je dois savoir.

Meg,

Merci mille fois pour ton e-mail. Cela me fait un bien fou de savoir que mes livres ont une réelle influence sur la vie de mes lecteurs. Ne crois pas que tu es ridicule, sûrement pas. Tu sais, la plupart des gens disent que ce genre de livres n'apporte rien. Mais on a tous besoin de s'échapper de temps en temps.

Ton boss a l'air d'être vraiment difficile. Non pas que je veuille l'excuser mais je suis sûre qu'il ne voulait pas te blesser. Il a sans doute été élevé dans sa bulle pour milliardaire. Comment saurait-il se comporter avec les gens comme toi et moi ? C'est plutôt normal et courant comme défaut. Mon héros, Dirk, est inspiré de quelqu'un qui, crois-le ou non, ressemble beaucoup à ton boss. Bon, j'ai adouci ses traits, pour le rendre plus sympathique. La licence artistique, tu vois ?

Bizarrement, je suis déçue de réaliser que Dirk n'existe pas. Ou que s'il existe, c'est *grosso modo* M. Risinger avec un peu plus d'humanité. Ah non alors ! Assez des salauds !

Je prends une grande inspiration avant de continuer. Natalie s'est montrée sympa, même si elle doit me prendre pour une folle. Je n'ose même pas relire l'e-mail que je lui ai envoyé, je ne me souviens que de bribes de texte. Ça vaut sans doute mieux.

Après quelques phrases toutes mignonnes, elle conclut ainsi :

J'espère que tu m'écriras encore, Meg. Beaucoup de gens ne poursuivent pas nos correspondances, je le regrette. Ils doivent croire que je suis trop occupée. Mais cela m'intéresse de savoir comment les choses tournent avec ton boss. Essaie d'être gentille avec lui, juste pour la journée, juste pour tester. Souviens-toi de ce que Dirk dit à Amanda : s'il la taquine tout le temps, c'est parce qu'elle lui répond. Et il adore qu'on ose se mesurer à lui. Quand tu te disputes avec ton boss, sache que tu fais exactement ce qu'il désire, tu fais voler en éclats sa petite bulle de milliardaire !

Bon, et puis si cela ne marche pas, tu auras une journée entière pour trouver de nouvelles insultes !
Bisous

Natalie

Cela me fait rire. J'essaie de me souvenir la dernière fois que j'ai laissé parler M. Risinger sans le contredire mais il me semble impossible que sa méthode marche. Ce n'est pas parce que cela marche avec Dirk que cela fonctionnera avec M. Risinger. Il me maltraite depuis le premier jour.

Mais la situation n'a rien à voir. Sauf qu'il a réellement commencé à me provoquer quand je me suis mise à lui répondre. Zut ! Et si Natalie avait raison après tout ? Elle m'a conseillé d'être sage toute une journée. Je vais commencer dès maintenant, on verra bien. Je m'empresse de faire ses photocopies et file à la cafétéria chercher un sandwich. Je préfère sortir à midi, mais je suis noyée sous le boulot, donc autant rester sur place.

– Alors, la chasse a été bonne ?, demande M. Risinger en surgissant derrière moi alors que j'ai la bouche pleine de salade de thon. La lumière du jour ne vous aveugle pas trop ?

J'essaie de mâcher doucement, d'avaler sans m'étouffer, Satan rôde sur mon épaule. Je me redresse, esquisse un petit sourire.

– Les dossiers sont sur votre bureau, monsieur.

– Oh, j'adore quand vous me parlez comme ça, ricane-t-il.

Je lui fais face, bien droite, gentille, la parfaite secrétaire. Innocente, un rien railleuse.

– Cette remarque est à marquer d'une pierre blanche, monsieur. Y a-t-il autre chose que je puisse faire pour vous plaire ?

Il me fixe bêtement, essayant de voir si c'est du lard ou du cochon. Finalement, il laisse tomber. Oh c'est trop bon ! Natalie a raison, elle est géniale ! Il passe à côté de moi sans un mot, file à son bureau et claque la porte derrière lui. Il me fiche la paix pour le reste de la journée. Comme s'il avait décidé que je n'existais plus, que je ne valais rien puisque je n'étais pas capable de me mesurer à lui. Et même s'il est particulièrement jouissif d'insulter quelqu'un, je préfère encore ce mépris non déguisé.

À peine arrivée à la maison, je me précipite sur mon ordi et envoie un e-mail à Natalie pour lui raconter. On est vendredi. Puis samedi. Pas de retour. Je suis déçue. Mais elle ne doit pas communiquer avec ses fans durant le week-end. Je suis en train de devenir accro aux réseaux sociaux ! Rien pendant plusieurs semaines. J'y pense de moins en moins. Quant à M. Risinger, il me prend tellement la tête que nous atteignons une nouvelle fois une situation intolérable.

Et Natalie répond. Elle est si contente que les choses s'arrangent pour moi. Elle est désolée de n'avoir pas donné signe de vie avant mais elle a été très occupée. Elle travaille, un job à plein temps, elle n'est pas uniquement romancière. C'est fou ! Il y a des gens qui savent tout faire. Moi je suis incapable de bouger un doigt quand je m'en reviens de l'Enfer. Natalie évoque les difficultés de l'écriture. Quant à la publication, c'est pire : c'est comme voir ses enfants se lancer dans la vie et ne rien pouvoir faire pour eux. Elle est super stressée avec la sortie du livre. C'est pour cela qu'elle a mis du temps à revenir vers moi. Elle espère que je comprends.

Bien entendu ! Je me sens tellement en confiance que je lui écris immédiatement et lui raconte toute ma vie, mes problèmes avec ma famille, les raisons pour lesquelles je me prends la tête avec M. Risinger… Si jamais j'arrive enfin à changer de boulot, je suis persuadée que cela sera grâce à elle. J'arriverai à me guérir de cette mauvaise habitude de toujours tenir tête aux hommes. Enfin, aux mauvais garçons. Oh, la fiction vaut tellement mieux que la réalité !

Elle enchaîne immédiatement, elle est fantastique. Une douce chaleur m'envahit, quelque chose que je n'ai pas ressenti depuis longtemps, cela doit être ça d'avoir une amie fidèle. Je lui raconte que M. Risinger est super sexy, certainement autant que Dirk. Mais je ne sais pas s'il fait aussi bien l'amour aux femmes. Cela l'amuse beaucoup :

Oh vraiment ? Tu sais, j'ai créé Dirk de façon à ce qu'aucun autre homme ne lui arrive à la cheville. Bon, il faut que je rencontre ton M. Risinger.

Est-il aussi sexy ? Je ne sais pas mais quand il entre dans une pièce, voici ce que l'on ressent :
https://www.youtube.com/watch?v=-KTr2vHeMM

Oh mon Dieu ! Voilà à quoi je m'attendais plutôt :

https://www.youtube.com/watch?v=BZhfFXEMMI4

Et je pars dans un fou rire pendant une bonne dizaine de minutes. Durant les semaines suivantes, on échange souvent. Plutôt en dehors des heures de boulot. Mais je note bien tout ce qui m'arrive pour lui raconter plus tard. J'ai l'impression de tomber amoureuse. Cela ne me plaît guère. Parce qu'en fait, les filles, ce n'est pas mon truc sexuellement parlant. En plus, je suis persuadée qu'elle est mariée. Non mais de toute façon, c'est bien d'avoir une amie. J'avais juste oublié l'effet que cela faisait. Bon d'accord, ce n'est pas vraiment une amie. Mais cela pourrait l'être…

– Qu'est-ce qu'il y a de si drôle ?

Ignore-le. Fais comme s'il n'existait pas. Non je ne le vois pas. Mais si je le vois. Là juste devant moi. Oh non ! Et toute mon antipathie ressurgit d'un seul coup. Il est impeccable, magnifique. Et cette façon de se déplacer comme s'il venait de soulever des haltères de dix tonnes. Juste comme ça, parce qu'il n'avait rien de mieux à faire à l'heure du déjeuner. C'est sûr qu'il possède un corps de rêve, il doit l'entretenir dans une salle de sport hyper classe. Je me souviens de la scène où Amanda ne peut détacher ses yeux de Dirk en train de travailler ses abdos, elle mouille littéralement sa petite culotte. Je rougis, oh zut, je rougis…

– Rien, il n'y a rien.

– Parfait, continue M. Risinger. Je vous attends dans mon bureau.

Mais je ne bouge pas.

– Maintenant !, hurle-t-il.

Et nous y voilà une fois de plus. Bon, d'accord, allons-y, je pénètre dans l'antre du fauve et ferme la porte derrière moi.

– Asseyez-vous, Meghan.

Il a un air si sérieux… Il a croisé les mains. Cela n'augure rien de bon. Je me demande à quelle sauce je vais être mangée. En fait je ne l'ai jamais vu comme ça. Je ne le reconnais pas.

– Vous vous souvenez, ma chère Meghan, de la clause de non-concurrence que vous avez signée quand vous êtes entrée à mon service ?

– Oui.

– Il n'est pas indispensable que je vous répète ce que vous encourrez si vous ne la respectez pas.

Mais de quoi parle-t-il ?

– Vous avez quelque chose à me reprocher ?

– Non, non. C'est à titre préventif seulement, dit-il en fronçant les sourcils. Cette conversation est strictement confidentielle, c'est bien compris Meghan ?

– Oui, monsieur.

Je sens que je ne vais pas aimer du tout ce qui va suivre. Allô SOS lavage de cerveau...

– Est-ce que vous lisez, Meghan ?

– Je n'en ai pas vraiment le temps, dis-je en pâlissant.

Il jette un coup d'œil distrait sur le côté.

– Vous allez pourtant devoir vous y mettre assez vite. Vous n'allez faire que cela dans les semaines qui viennent. Trois cent mille mots environ à avaler. Je veux que vous connaissiez tout de ces ouvrages. Oh n'ayez pas peur, c'est très léger comme littérature.

Si c'est le genre de Natalie, je veux bien, et plutôt deux fois qu'une ; mais je n'aurai pas cette chance. Il se penche, ouvre le dernier tiroir de son bureau et en sort une pile de livres qu'il dépose devant moi, un par un. Le monde s'arrête de tourner. C'est forcément une coïncidence, ça ne peut être que cela, n'est-ce pas ?

My boss ; *My boss, Déshabillée* ; *My boss, Attachée* ; *My boss...*

Chacun d'entre eux, étalés devant mes yeux… ces sublimes couvertures glacées, si sexy… La moitié de mon cerveau est anesthésiée. L'autre tente de réagir, comme l'ancienne Meg le faisait, celle qui ne suivait pas les conseils de Natalie McBride. Rien.

– Ma chère Meghan, comme vous me le rappelez quotidiennement, vous n'êtes pas ma secrétaire, mais mon assistante personnelle, n'est-ce pas ?

– OK. Pourquoi dois-je tous les lire ?, dis-je en retrouvant mon souffle.

Il s'enfonce dans son fauteuil, les bras croisés sur la poitrine. Le genre d'attitude que vous prenez quand vous voulez persuader quelqu'un de quelque chose. Qu'est-ce qu'il veut ?

– Je veux que vous soyez elle.

De son doigt, il pointe le nom sur la couverture, Natalie McBride. Mon cerveau a déclaré forfait.

– Elle ?

Il acquiesce.

– C'est très simple. Je veux que vous lisiez tous ces livres pour être capable d'en parler. Je veux que l'on vous prenne pour l'auteure. Vous les avez écrits. Mais n'en faites pas une analyse complète. Les lecteurs ne vont pas jusque-là. Rassurez-vous.

– Les lecteurs ?, je bafouille en songeant qu'il n'a pas répondu à ma question.

– Natalie McBride part en tournée. Des dédicaces dans tout le pays. Vous allez rencontrer des gens, faire des interviews, répondre à des questions sur le féminisme dans la *new romance*. C'est dans vos cordes, n'est-ce pas ?

Ses yeux pétillent, il s'amuse. Il ne dit pas tout. Il joue avec moi.

– Mais pourquoi ne peut-elle assurer sa tournée de dédicaces ?

Il y a quelque chose de pas clair. J'essaie de me souvenir si le groupe de M. Risinger a des parts dans l'édition. Et pourquoi mon patron serait-il impliqué d'ailleurs ?

– Parce que Natalie McBride, c'est moi !, dit-il en me gratifiant de son plus beau sourire.

Déjà paru

Liv & Xander

Déjà paru

Alice & Aiden

Déjà paru

Scott & Elizabeth

Dépôt légal : juin 2017 – Numéro d'impression : 1704.0394
Achevé d'imprimer en France par Aubin Imprimeur.